의매생활
7
미카와 고스트
일러스트 Hiten

Happy Valentine!!

"그게……."
그녀가 들고 있는 바구니에는
음료나 포테이토칩 같은 것이
산더미처럼 담겨 있었다.
Melissa
멜리사

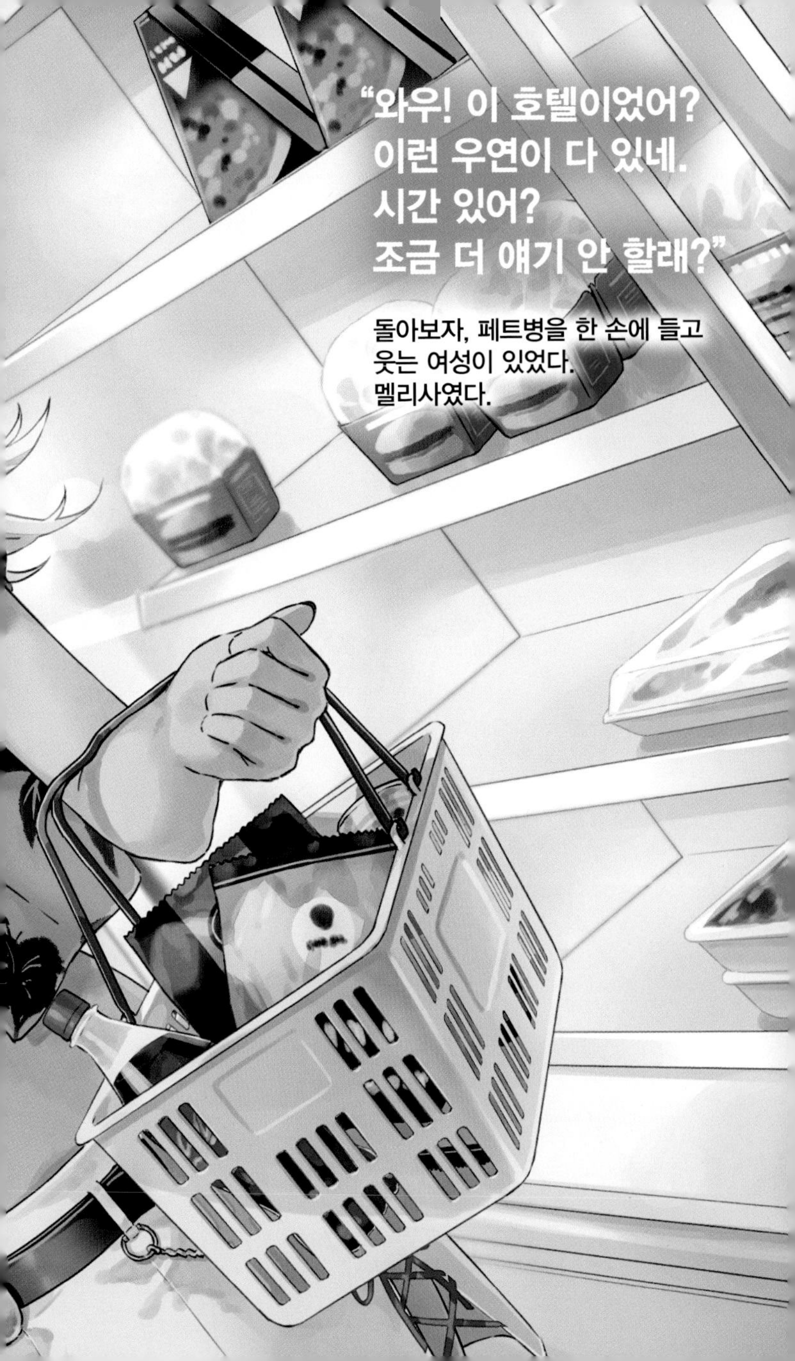
"와우! 이 호텔이었어?
이런 우연이 다 있네.
시간 있어?
조금 더 얘기 안 할래?"
돌아보자, 페트병을 한 손에 들고
웃는 여성이 있었다.
멜리사였다.

이국에서 너를 기다린다

해외에 대한 남매의 대화

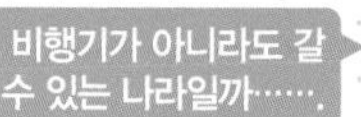

수학여행으로 싱가포르에 가게 됐는데, 아사무라 군은 달리 가고 싶은 나라 있어?

비행기가 아니라도 갈 수 있는 나라일까…….

아니, 없잖아. 비행기를 타기 싫다는 건 일단 잊자.

으음~, 미국일까?

어째서?

뉴욕이나 로스앤젤레스는 문화의 최첨단이란 느낌이 들잖아.

좋은걸. 역시 할리우드 사인을 보고 싶어?

한 번은 실제로 보고 싶어. 주변의 풍경도 포함해서 로망이 있다고 할까?

흐응. 아사무라 군, 그런 거에 약하구나. 그렇구나.

아야세 양은 가고 싶은 나라 있어?

독일, 프랑스, 이집트, 페루, 그리고…….

잔뜩 있구나.

오래된 성이나 고대문명 유적이 보고 싶어.

아~. 그런 거 좋아하지, 아야세 양은.

여러 나라를 다니면서, 여러 문화유산을 보고 싶어.

아야세 양과 해외여행을 같이 가기 위해서도, 비행기를 극복해야겠어…….

무리는 안 해도 되는데?

어?

내 취미는 내 취미. 아사무라 군을 억지로 끌고 다니는 건 좋지 않아.

그렇구나……. 그렇네. 아야세 양의 행동을 얽맬 생각은 애당초 없고, 꼭 같이 여행을 갈 필요는 없지.

그런 거야. 우리는 우리들다운 여행을 바라보면 돼.

그렇구나.

하지만…

응?

국내에서 같이 가기 쉬운 여행도, 잔뜩 계획하고 싶어.

……응. 그러자.

의매생활

Days with my Step Sister

7

저자

미카와 고스트

일러스트

Hiten

옮긴이

박경용

Contents

Days with my Step Sister

설령 1억 명 중에 서로 이해할 수 있는 상대가 없더라도,
77억 명 중에는 분명히 있다.

●프롤로그 아사무라 유우타

짙게 끼어 있던 안개가 마침내 사라진 2월 12일 금요일, 아침.

곱은 손으로 신발장을 열고, 실내화로 바꿔 신은 참에 누가 말을 걸어왔다.

"아사무라, 안녕."

뒤를 돌아보자, 친구인 마루가 씨익, 하고 의문스러운 미소를 짓고 있었다.

"마루, 안녕. 오늘은 아침 연습 없어?"

"안개 탓에 실내 연습이라 빨리 끝났다. 그런데, 너는 역시 주저하질 않는구만."

"응?"

무슨 말을 하는 건지 도통 알 수가 없어서, 나는 얼빠진 소리를 흘렸다.

"무슨 뜻이야?"

"평소처럼 아무것도 신경 안 쓰고 신발장을 열었다 싶어서."

"그거야, 열지."

"평소라면 그렇지. 그러나…… 봐라."

마루가 시선을 보낸 곳에, 옆 반의 남자가 있었다. 그는 신발장을 열기 직전에 한순간 주저하는 낌새를 보였다. 그러더니 신발장을 열고서, 살짝 한숨을 쉬는 것을 나는 놓치지 않았다.

"올해 2월 14일은 일요일이잖아?"

"아~, 그렇구나."

2월 14일이 이벤트 데이라는 건 물론 알고 있었다.

밸런타인데이다.

기독교권에서는 소중한 사람에게 선물을 주는 날로 알려져 있다는데, 이 문화가 일본에 들어오면서 어째서인가 여성이 남성에게 초콜릿을 선물하는 날처럼 정의가 되었다고 한다. 작금에는 그런 것도 좀 느슨해져서(원점회귀가 맞을까?), 일본에서도 남녀나 연애관계를 따지지 않고, 그저 가까운 사람에게 선물을 하는 날이라는 인식이 되어가고 있다던가.

그리고 일요일이 휴교일인 이상, 밸런타인 초코를 건넬 거라면 금요일이나 월요일이 되겠지.

"밸런타인 초콜릿이 신발장에 들어있을지도 모르니까, 열 때 신경을 쓰게 된다는 거구나. 하지만, 나는 신경 쓰지 않고 열었으니까……."

"그래, 그거다."

"하지만, 정말로 그런 일 있어? 신발장에 초콜릿이라니."

적어도 나는 살면서 신발장에서 초콜릿을 발견한 기억이

없고, 주변에서 그런 이야기를 들은 적도 없다. 현실은 픽션이 아니며, 위생개념이 발달된 현대에는 식품을 선물한다면, 아무리 생각해도 신발장에 넣는 건 적합하지 않다. 고교생 남자의 신발장 위생 사정은 최악이라고. 편지를 넣는 일 정도는 있을지도 모르지만.

"분명히 그렇긴 하다만, 아사무라. 위생 개념으로 밸런타인의 리얼함을 고려한다는 그 사고도, 그다지 일반적이진 않거든?"

"그……래?"

"보통 머리로는 알고 있어도 일말의 바람을 품게 되는 법이야. 자신을 좋아해주는 여자애가 한 명은 있을 지도 모른다. 아니, 있을 거다, 라고 생각해도 이상하지 않아."

"이상하잖아? 그거."

"고교생 남자는 이상한 법이야. 따라서 이상하지 않다."

"궤변 아냐?"

그런 이야기를 하면서 교실에 도착했기 때문인지, 나는 무의식적으로 주변을 둘러보았다.

평소랑 다른 분위기가 떠도는 건지 아닌지.

결론부터 말하면 스이세이 고교가 입시명문이라서 그런지 들뜬 분위기는 많지 않고, 노골적으로 밸런타인 이야기를 하는 학생은 적었다.

다만 그날을 전체적으로 보면, 점심시간에 여자들끼리

우정 초코를 건네거나 여자인 친구가 많은 타입의 남자가 초콜릿을 받는 광경은 보였다.

반대로, 반에서 사귀는 것이 그럭저럭 유명한 남녀는 뜻밖에 교실 안에서 초콜릿을 주고받지는 않는다는 것을 깨달았다.

어째서일까?

방과 후를 알리는 종소리가 울린 참에, 앞자리에 앉아 있던 마루가 돌아보았다.

"아사무라, 무슨 일이야? 오늘은 쭉 묘한 표정이던데."

"묘한 표정……? 앞자리에 앉아 있는 녀석이 그렇게 말하다니, 난 대체 무슨 표정이었는데?"

"철학자의 표정이다."

나는 소크라테스도 플라톤도, 니체도 사르트르도 아닌데.

그리고 그렇게 고민하고 있었던 것도 아니다.

"거창한 생각을 하고 있었던 건 아냐. 아침에 밸런타인 이야기를 했잖아?"

"초콜릿을 못 받아서 삐치는 성격으로는 안 보이는데."

"그건 신경 안 써. 다만, 공인 커플 같은 사람들도, 남들 앞에서 당당하게 초콜릿을 주고받지는 않는구나 싶어서."

내 말에 마루가 기가 막힌 표정을 지었다.

"아사무라여. 그 발언에서 사귀고 있는 커플은 남들 앞에서 꽁냥대는 법이라는 심층심리가 엿보이는데, 자각은 있냐?"

"그렇지는—."

않다. 라고 말을 하려다가, 내 뇌리에 아버지와 아키코 씨의 얼굴이 떠올랐다.

그렇다. 내가 가장 가까이서 자주 보는 연애라는 것은, 그 두 사람이란 말이지.

"—그럴, 지도."

"야야야. 아사무라, 네가 알고 있는 연인 사이는 틈만 나면 남들 앞에서 허그나 키스를 하는 두 사람이냐?"

"노골적으로 본 적은 없지만. 그렇다고 해도 나는 놀라지 않을 것 같은데."

아버지랑 아키코 씨가 데이트할 때 당당하게 길거리에서 키스를 하는지는 모르지만, 팔짱을 끼고 걷는 것 정도는 해도 신기하다고 생각 안 한다— 아들로서는 부모의 그런 생생한 장면을 그다지 상상하고 싶지 않지만.

"외국 영화를 너무 본 거 아냐? 애당초 고교생 남녀는 같이 나란히 걷기만 해도 놀림거리가 되는 법이야. 노골적인 스킨십은 부끄러워하는 게 보통이겠지."

"부끄러워한다……. 아아, 그런가."

나랑 아야세 양이 그러지 않는 것도, 부끄러우니까, 일까?

그런 것 같기도 하고, 아닌 것 같기도 하다.

나는 문득, 정월에 아버지의 시골집에서 있었던 일을 떠올렸다.

할아버지에게 자신의 의사표시를 한 다음, 방으로 돌아와 이불로 들어간 참에 아야세 양이 등을 만지면서 「고마워, 유우타 군」이라고 속삭였다.

아야세 양이 여동생이 된 것에 아무런 불만도 없다. 그렇게, 할아버지에게 큰소리친 걸 들었다는 걸 깨달았다. 쑥스럽다고 생각하면서도, 자신의 솔직한 마음이 전달되어 기쁘기도 했다.

친척들 중 누군가가 볼 우려도 있고, 큰 방에 간 아버지랑 아키코 씨가 돌아올 가능성도 있었다. 그런데도 이부자리 바로 옆으로 다가와서 닿으려고 한 그녀의 행동과, 그녀의 말에, 사랑스러움을 느껴서.

결국 그때는 아야세 양도 그 이상 아무 말 없이 슬쩍 자기 이불로 돌아가 버렸지만, 가슴의 고동이 격렬해져서 잠들기가 어려웠다.

누군가가 볼지도 모르는데도 불구하고, 극히 가까운 거리에서 서로에게 닿았다. 아야세 양은 어째서 그런 리스크가 큰 행동을 한 걸까 생각했다. 그녀답지 않다는 생각과, 그러나 당당하게 서로에게 닿은 것의 기쁨을 동시에 느꼈다.

심층심리. 마루가 한 말을 가슴 속에서 매만져보았다. 마음의 깊숙한 곳에서 나는, 남들 앞에서라도 사양하지 않고 스킨십을 하고 싶다고 생각하는 걸까? 그리고 표면상으로는 그것을 부끄럽다고 생각하는 걸까?

"아사무라. 너 찾는다."

마루의 말을 듣고 고개를 들었다.

복도에서 교실을 들여다보듯 빼꼼 고개를 내민 여자애가 있었다.

아야세 양의 친구, 옆 반의 나라사카 마아야 양이다. 살랑살랑 손짓을 하기에, 나는 부 활동을 하러 가는 마루와 헤어져 복도로 나섰다.

"나라사카 양, 나한테 용건 있어?"

"이리 와봐."

나는 플로어 구석, 인기척이 없는 계단 아래의 창고 앞으로 이끌려갔다.

거기엔 아야세 양이 기다리고 있었다.

"마아야가, 어제부터 학교에서 아사무라 군한테 같이 주자고 시끄럽게 굴어서."

"준다고……?"

데리고 온 나라사카 양이 나한테 생긋 웃었다.

"그야, 학교에서 혼자 건네줬다가 여동생한테 질투의 시선을 받기 싫잖아? 자, 이거!"

나라사카 양은 뒷짐 지고 있던 손에 들고 있던 꾸러미를 건네주기에, 나는 그제서야 이런 곳에 데리고 온 이유를 깨달았다.

“밸런타인 선물이야~.”

“나도 이거. 뭐, 대단한 건 아니지만.”

아야세 양한테도 꾸러미를 받았다.

집에서 건네지 않고 일부러 학교에서? 라고 생각하기도 했지만, 나라사카 양이 그렇게 말하니까 거절하기가 힘들었겠지.

“그게……, 고마워.”

이런 선물은 그 자리에서 열어야 하는지 아닌지 언제나 망설이지만, 리액션을 하는 게 더 기뻐하는 경우가 있다. 그러니까 일단 확인했다.

“열어봐도 돼?”

“그럼~. 괜찮아, 사랑의 편지는 안 들었어.”

나라사카 양이 고개를 끄덕이며 말하지만, 그야 당연하잖아.

“그러면, 나라사카 양 것부터.”

나라사카 양의 선물은 밸런타인용으로 보이는 패키지의 시판 초콜릿이었다.

단 맛이 조금 적고, 일부러 패키지에 「의리」라고 크게 적혀 있었다.

“오해의 여지가 없는 훌륭한 의리 초코야~.”

“고마워. 한없이 의리가 표현되어 있어서 확실하게 오해 없이 받을 수 있어.”

"그치. 나, 장해!"

이어서 아야세 양의 꾸러미를 풀었다.

상자가 시판되는 것이 아니라는 점에서 이미 짐작은 했다. 기합이 들어간 수제 초콜릿이었다. 정확하게 말하면 트뤼프 초콜릿이니까 초콜릿 과자라고 불러야 할지도 모른다. 표면에 다갈색의 플레이크 같은 것이 뿌려져 있었다.

"일부러 만들어줬구나."

"굉~장하네. 사키도 참. 이거 엄청 수고롭잖아~. 피안틴도 수제야?"

"설마. 이 상태로 파는 걸 뿌린 것뿐이야."

"오호오~."

"피……뭐라고?"

"피안틴. 이 둥근 초콜릿에 뿌려둔 거. 상표명은 이것저것 있지만, 크레이프 반죽을 얇~게 펴서 구운 걸, 자잘~하게 부순 거야."

"그렇구나. 이거, 단단하게 구운 전병을 부순 것 같은 거구나."

"아, 응……. 그렇긴 한데. 그렇게 말하니까 밸런타인의 로맨틱함이 단숨에 할머니의 그윽한 과자로 뒤덮여 버리니까 관두자. 예쁘게 잘 됐네~."

"혹시, 어제 밤중에 키친에 불 켜져 있었던 건 이걸 만드느라?"

"그야, 뭐. 남매라도 이 정도는 하겠지."

아야세 양은 그렇게 말했지만, 나는 그것이 정말인지 아닌지 판단할 수 없었다. 애당초 수제 초콜릿을 받은 게 처음이고, 어떤 감정으로 만드는 게 보통인지도 모르겠다.

그리고 나라사카 양의 반응을 보니 상당히 수고가 든 모양이란 말이지.

"이런 건 딱히 대단한 건 아냐."

말과 함께 쑥스러운 기색으로 고개를 돌리는 아야세 양을 곁눈질로 살피면서, 나라사카 양이 속삭이는 나에게 말했다.

"제법인걸, 아사무라. 혹시 의외로 육식계라든가?"

"아니, 무슨 말인지 전혀 모르겠어."

어째서 정성들인 초콜릿 선물을 받으면 육식계 남자가 되는 거지? 나라사카 양의 사고는 도무지 모르겠다.

"무슨 이야기?"

"사키가 노력가라는 이야기. 뭐, 아사무라 같은 오빠가 있으면, 여동생도 힘을 내는구나~ 싶어서."

"딱히 아사무라 군이라서 그런 건……."

"그~런~가~. 뭐, 됐어. 응. 그럼 미션 달성! 이제 용건 없으니까 돌아가도 된다네, 오빠야!"

"그래요, 그래."

"그럼, 아사무라. 또 봐."

말하면서 등을 돌리고 얼른 물러가는 것이 아야세 양다웠다. 남은 나라사카 양이 물러가다가 한 번 돌아왔다.

"이제 곧 수학여행이네."

나라사카 양이 한 말의 의도를 알 수 없었던 나는 가볍게 고개만 끄덕여 응답했다.

"같이 돌아볼 수 있게 협력할게!"

"어. 같이?"

"사키랑 떨어지면 쓸쓸하잖아."

"아, 아니, 신경 쓰지 마."

"사양하지 마~. 귀여운 여동생이랑 같이 여행을 가는 거 처음이잖아."

함께 여행을 간 건 아버지의 시골집에 귀성하는 걸로 실현됐지만, 그걸 이야기하면 아야세 양과 있었던 괜한 일들을 이것저것 말하게 될 것 같았다. 싱글벙글 웃음을 지으면서 말하니까, 어쩌면 나라사카 양이 나랑 아야세 양의 관계가 변화한 것을 깨달은 게 아닌가 걱정된다.

어떻게든 시치미를 떼봤지만, 두 사람이 물러간 다음 나는 겨울인데도 땀을 마구 흘려서 자신이 상당히 조바심 내고 있었던 것을 자각했다. 동시에 그 나라사카 양의 놀림에 대해서, 싫은 게 아니라 어떤 종류의 기쁨이라고 해야 하나. 낯간지러움을 느끼고 있었다.

그렇다면, 부끄러움보다도 기쁨이 앞서고 있다는 거다.

그렇다면, 내가 아야세 양과 스킨십을 억누르고 있는 이유는 뭘까?

계단 아래서 물러나기 전에 상자 안의 트뤼프 초콜릿을 하나만 입에 넣었다.

표면에 뿌린 피안틴의 바삭한 식감 뒤에, 입 안에서 초콜릿이 천천히 녹았다.

달콤함이 혀 위에 퍼졌다.

●2월 14일 (일요일) 아사무라 유우타

아침, 8시 7분.

일요일이니까 평소보다도 어느 정도 늦은 기상이 되었다.

창에서 대각선으로 쏟아져 내리는 햇볕을 세면대의 수도꼭지가 반사해 빛나고 있다. 하품을 죽이면서 나는 수도꼭지 위의 레버를 온수 쪽으로 돌려 올렸다.

차가운 바닥에 닿은 맨발을 교대로 구르면서, 따뜻해지는 물로 잠이 덜 빠진 얼굴을 씻었다.

아침 인사를 곁들이며 거실로 이어지는 문을 열었다.

"안녕? 유우타."

"아녀어엉, 유우타."

아버지랑 아키코 씨가 쉬고 있었다. 아키코 씨는 약간 졸려 보이네.

둘 다 이미 아침 식사를 마쳤는지, 식탁을 보니 내 몫과 또 한 사람 몫의 아침 식사가 래핑된 상태로 놓여 있었다. 휴일의 아침 식사로 아사무라 가족의 정석이 되어가고 있는, 햄에그와 샐러드와 된장국의 조합이다. 주식이 토스트인데, 아버지가 아키코 씨의 된장국 광팬이라서 묘한 조합이 되었다. 물론 익숙해지면 맛있으니까 문제없지만.

"어라? 아야세 양은—."

"아직 자고 있어."

"늦게까지 공부를 했나……."

기다리는 편이 좋을까? 혼자서 식사를 하는 것도 어쩐지 좀 그렇고.

"언제 깰지 모르니까 어서 먹어."

"네에. 그러면…… 잘 먹겠습니다."

"지금, 된장국 데울게."

"감사합니다."

나는 식빵을 토스터에 넣었다. 전자레인지로 접시 위의 햄에그를 가볍게 데워서 랩을 벗기고, 구워진 토스트와 함께 늘 앉는 자리에 앉았다. 데워준 된장국을 받았다.

"걔도 참, 거실에서 꾸벅꾸벅 졸고 있었어. 이어폰도 계속 끼고 있어서, 내가 퇴근하고 돌아온 것도 모르고서."

토스트를 깨문 나는, 아야세 양의 어젯밤 모습에 대해 들었다.

바텐더 일을 하고 있는 아키코 씨는 빨리 퇴근해도 심야 3시가 넘어서 돌아온다.

그런 시간까지 깨서 공부를 하고 있었구나.

이어폰을 끼고, 영어 단어장을 펼치고 있었다고 한다. 다음 주부터 수학여행이고, 이벤트가 이어지는 이 시기니까 충분한 공부 시간을 확보하기 어렵다지만, 열심히 하는구나. 그때는 단순히 그렇게 생각했다.

아야세 양이 거실에서 잠들다니 희한하네. 집에 있을 때도 방심하는 얼굴을 보여주지 않았던 무렵을 생각하면, 조금은 신용을 받기 시작했다는 걸까?

아버지와 아키코 씨가 재혼해서, 두 사람이 이 집에 들어온 뒤로 8개월. 조금은 가족으로서 익숙해진 거라면 나도 기뻤다. 뭐, 천천히 먹고 있으면 깨서 나오겠지.

"잘 먹겠습니다."

햄에그에 간장을 따르고 젓가락으로 토스트 위에 올린다. 이때 중요한 건, 계란 프라이의 노른자가 망가지지 않도록 빵의 중심에 올리는 것이다.

그렇게 세트하고 나서 살며시 끝에서부터 깨문다.

중앙까지 나아가면, 위에 올린 노른자가 당연히 무너져서, 퍽퍽한 빵과 동시에 습기를 동반한 달걀의 맛이 입 안으로 흘러 들어온다. 이때, 달걀노른자를 토스트에서 흘리지 않고 먹는 것이 중요해서—.

"유우타, 타이치 씨랑 똑 같은 방식으로 먹네."

"흡! ……콜록! 콜록!"

"어머나. 자, 여기 물이야."

물을 따른 컵을 건네준다.

"고, 고맙습니다……."

"천만에요. 급하게 먹으면 소화가 제대로 안 돼."

생글생글 미소를 지으면서, 아키코 씨가 내 정면 자리에 앉아 턱을 괴었다.

"후후. 정말로 먹는 모습이 똑같아."

"그, 그런가요."

자각은 없었지만, 그런 법인지도 모른다. 평소에 그렇게까지 아버지가 먹는 모습을 일일이 봤다는 의식은 없는데.

그때 아키코 씨가, 양손을 짝 쳐서 울렸다.

"그렇지. 오늘은 밸런타인이지~."

"어…… 네."

"그래서— 자, 이거!"

식사 준비로 다이닝 테이블 주위를 거닐 때, 아키코 씨가 평소 앉는 자리에 뭔가 있다고 생각은 했지만……. 정성스레 포장된 작은 상자. 그걸 건네주었다.

가만 보니, 리본이 감겨 있으니까 선물이란 것은 명백했다.

황송해하면서 나는 인사를 했다. 이것이 세상에서 말하는, 의리 초코 최후의 방파제라는 엄마 초코라는 건가?

설마 이런 식으로 어머니가 생겼다는 실감을 얻을 줄이야. 빤히 포장을 보고 있는데, 거실 소파에서 아버지의 가녀린 목소리가 들렸다.

"나는……?"

아버지는 아직이었나 보다.

하지만, 의자 위에는 이것 하나밖에 없었는데.

"네?"

아키코 씨는 나한테 준 초콜릿이 있던 의자를 기울여서, 아버지한테 거기에 아무것도 없는 것을 보여주었다.

"아아……."

아버지의 슬픈 목소리에 아키코 씨가 살짝 혀를 내밀었다.

"후후. 거짓말이에요. 있어요."

그렇게 말하고 자리에서 일어서더니 냉장고를 열었다. 하얗고 네모난 상자를 꺼내서 「자요」 하고 아버지한테 내밀었다.

받아 든 아버지가 무릎 위에 올린 상자를 재빨리 열자, 안에서 초콜릿색의 케이크가 나왔다.

"초코 쉬폰 케이크예요."

"일부러 만들어준 거야?"

"이왕 있는 이벤트니까요. 즐기지 않으면 손해잖아요? 단맛은 조금 줄였으니까, 요즘에 뱃살이 신경 쓰이는 타이치 씨라도 안심하고 다 먹을 수 있을 거예요."

"하, 하하하. 못 당하겠네. 그건 굳이 말하지 말자."

아픈 곳을 찔려서 코를 긁적이는 아버지. 정말이지, 언제 봐도 근엄한 가장하고는 정반대인 사람이야. 능력이 없다고 불리는 아슬아슬한 하한선에 선 사람. 상대에 따라 평가가 갈라지는 사람이지. 내 친어머니에게는 실격이고, 그녀보다 관용이 있는 아키코 씨에게는 합격인 거겠지. 아키코 씨에게는 평가할 생각마저 없어 보이지만. 다시 말해서 남의 평가는, 사람과 사람의 관계는 그 정도로 애매한 것이라고 생각한다.

그러나 아버지 입에 맞는 케이크를 손수 만들다니. 그 마음가짐과 겁먹지 않고 요리에 도전하는 자세는, 어쩐지 아야세 양과 겹친다. 역시 모녀라고 해야 하나.

"커피 더 타올게요. 나이프랑 포크, 그리고 덜어먹을 접시도."

"아아, 그건 내가 준비할게."

"고마워요, 타이치 씨."

"나야말로. 해피 밸런타인, 아키코 씨."

"네. 해피 밸런타인."

마주 보는 두 사람의 시선과 시선이 녹을 것 같다. 그야말로 초콜릿처럼.

나는 마루의 말을 떠올렸다. 사귀는 커플이 남들 앞에서 꽁냥거리는 거라고 생각하지 않는 거냐는 그거.

생각하는걸. 꽁냥꽁냥. 남들 앞이 아니라 가족 앞에서지만.

나는 키친을 보지 않도록 하면서, 남은 토스트를 깨물었다.

학원의 오전 수업이 끝나고 점심 시간.

학원이 있는 건물을 나서서, 점심을 사려고 가까운 편의점으로 갔다.

눈앞에서 열리는 자동문으로 들어가자, 들어가서 곧장

눈에 띄는 선반에 적색의 패키지가 난무하고 있었다.

위에서 아래까지 밸런타인 초콜릿이다.

가장 위에는 나조차 알고 있는 유명 고급점(초콜릿 한 조각에 주먹밥 두세 개 살 수 있는 가격이다)과 콜라보한 상품이 진열되어 있고, 나랑 비슷한 나이의 여자애들이 몰려들어 있었다. 거기에 회사원으로 보이는 사람이 끼어들어서, 가장 아래쪽의 50개 포장 미니 초콜릿이 든 커다란 팩을 강탈해갔다. 아마 직장에서 뿌리려는 거겠지.

선반 앞을 지난 나는 가게 안쪽으로 갔다. 그럼 뭘 먹을까. 다음 주 수학여행에 쓸 용돈을 생각하면, 얼마간 절약을 하고 싶다.

그렇다면— 이거다.

나는 소금 주먹밥 하나만 냉장 선반에서 집어 셀프 계산대로 갔다.

그리고 키가 큰 여성 뒤에 얌전히 섰다.

"아. 끝났으니까 쓰세요……. 어머, 이런 곳에서."

돌아보며 계산대를 비워준 건, 같은 학원에 다니는 아는 여자애였다.

"후지나미 양."

"우연이네요. 아, 방해해서 미안해요."

"괜찮아."

바코드를 읽어 스마트폰의 결제용 어플로 지불을 하고

서, 어깨에 건 가방에 넣으려다가 한순간 망설였다.

망설임을 본 건지, 후지나미 양이 말했다.

"학원에서 먹을 셈이라면, 내가 들게요."

자연스럽게 계산 봉투 입구를 옆에서 펼쳤다.

샌드위치 몇 개랑 빵, 카페오레 등이 들어 있는 게 보인다.

"그러니까…… 고마워. 그럼 내가 들 테니까 넣어줄 수 있을까?"

"주먹밥 하나 정도야 무겁지도 않지만. 뭐, 그걸로 당신 마음이 편해진다면, 부탁해도 될까요?"

봉투 안에 주먹밥을 넣고서 나는 후지나미 양에게서 봉투를 받았다.

그대로 가게를 나서 학원의 휴게실로 돌아왔다. 마찬가지로 점심을 먹고 있는 학원생들로 상당히 혼잡하다.

비어 있는 자리를 찾아, 둘이 나란히 앉았다.

내 몫을 꺼내고 후지나미 양에게 봉투를 돌려주었다.

"고마워."

"아뇨. 이쪽이야말로 들어줘서 고마워요."

후지나미 양은 사온 물건을 꺼내고 봉투를 정성스레 접어서, 그것을 식탁보처럼 깔고서 샌드위치나 카페오레를 위에 두었다.

가만히 보고 있던 시선을 깨달았는지 고개를 들었다.

"아아, 이건 그냥 습관이에요. 식후에 쓰레기봉투로 쓸

셈이라.”

“아, 미안. 빤히 쳐다봤네.”

“아뇨. 그보다도 호기심으로 하는 질문인데요. 그게, 대답하기 어려우면 무시해도 돼요. 그 주먹밥을 가방에 넣으려다가 망설인 것은, 식품이 가방 안에서 뭉개지는 것이 싫었기 때문인가요?”

“아아…… 으음~. 조금 달라. 말해도 이해해줄지 모르겠는데, 나는 서점에서 알바를 하거든.”

“그렇군요?”

그게 무슨 상관인지? 라는 표정의 「그렇군요」였다.

“알바할 때, 스트레스를 느끼는 일이 있거든.”

“접객하다 진상을 만났을 때 인가요?”

“그것도 있지. 있지만, 개인적으로는 좀도둑이야. 아무리 조심해도, 대책을 세워도, 유감이지만 그런 짓을 하는 녀석은 절대 없어지질 않거든.”

“가게 안에 감시 카메라도 있지 않나요?”

“손님을 의심하는 것 자체가 스트레스거든. 왜냐면 본래는 우리들에게 소중하고 고마운 존재잖아. 하지만, 알바를 하고 있으면, 그런 수상한 인물을 구분하는 방법을 배우기도 하지.”

“흐응. 있군요, 그런 거.”

“나도 선배한테 들은 것뿐이라, 이게 일반적인지 아닌지는 몰라. 다만, 선배는 형태가 확실한 큼직한 가방을 들고 있는 사람, 가방 입구를 연 채 들어오는 손님한테서 눈을 떼지 말라고 했거든.”

“스포츠 백, 같은 건가요?”

내가 발치에 둔 가방으로 힐끔 후지나미 양이 눈길을 주었다.

“그래. 예를 들어 계산대 봉투 같은 건 안에 뭐가 들었는지도 보이고, 안에 든 것으로 형태가 바뀌는 부드러운 봉투도 뭔가를 넣으면 금방 알 수 있지.”

그에 비해서, 보스턴백이나 트렁크 같은 단단한 가방은 책 한두 권을 몰래 넣어도 겉으로는 알 수가 없다. 입구를 연 채 들어와서, 책을 넣은 다음 입구를 닫으면 먼 곳에서 간파하기는 어렵다. 그렇기에 그런 손님이 들어오면 눈을 떼지 말라고 했다.

그렇지만, 남에 대해 의심의 눈길을 가진다는 행위 자체가, 마음에 무거운 부담이 된다. 마음을 슬금슬금 좀먹어 간다.

“아아. 알겠어요. 제대로 돈을 내고 구입을 했어도, 가방 안에 넣어 버리면, 지불이 됐는지 아닌지 알 수가 없다. 물론 영수증을 챙겨두면 트러블이 일어나진 않겠지만, 나쁜 짓을 하지 않아도 어쩐지 모르게 남의 눈길이 신경 쓰인다는 거군요.”

나는 크게 고개를 끄덕였다.

"가게 안에서 가방에 물건을 넣는 것 자체에 저항이 있어서. 주먹밥 하나로 괜히 봉투를 사는 것도 좀 그렇고."

그런 한순간의 망설임을 간파했다고 생각 못했다. 그녀가 제안하지 않았다면, 나는 아마 영수증과 주먹밥을 한꺼번에 손에 쥐고서 가게를 나섰을 거야.

"납득했어요. 그렇지만, 점심 식사가 그걸로 충분하다니. 소식이네요."

"다음 주부터 수학여행이니까, 거기에 대비해서 절약하는 것뿐이야."

"수학여행. 이 추운 시기에요?"

"시기는…… 모르겠네. 우리 학교는 매년 이 시기라고 하던데."

그게 일반적인지 아닌지는 모른다.

그러고 보니, 중학교 때는 3학년 초여름이었던 것 같다. 스이세이 고교는 입시명문이니까, 고교 3학년 여름에는 수험에 지장이 생긴다고 생각하는 걸까?

"어디로 가나요? 교토라든가?"

"싱가포르."

"해외군요."

감탄한 소리를 내면 낯간지럽다. 이 근처에 있는 공립학교 중에 해외로 수학여행을 가는 곳은 드물지도 않다고 생각하지만.

"조금, 부럽네요."

후지나미 양이 다니는 학교에서는 수학여행 자체가 없다고 한다.

"뭐, 있다고 해도 갈 수 있을지는 미묘하지만요. 그 돈이 있으면 대학에 들어갈 비용으로 쓸 것 같기도 해요."

힘들겠네—라고 동정의 말을 할 정도로 둔감하지는 않았다. 후지나미 양이 그 말에 기뻐하지 않을 것에 돈을 걸 수도 있어.

그녀의 그런 기질은 아야세 양과 닮았다고 생각한다.

"분하니까, 대학에 들어가서 돈에 여유가 생기면 엄청 해외여행을 해야겠어요. 여기저기 가서, 여러 사람들이랑 만나고 싶어요."

"말이 통한다면 즐겁겠지."

"저는 영어를 할 수 있으면 일단 어떻게든 될 거라고 생각하고 있어요. 아사무라 군은 외국어 서투른 축인가요?"

"영어 회화에 그렇게까지 자신은 없네."

"뜻밖이네요. 성적은 좋은데."

수험 영어를 머리에 집어넣어도 영어 회화가 가능해질 거란 생각이 별로 안 든다. 평소에도 리스닝 교재를 듣는 것도 아니니까. 그러고 보니 아야세 양은 어젯밤에도 영어 공부를 하다가 잠들었다고 아키코 씨가 그랬지.

"후지나미 양은 영어 회화 되는 편이야?"

"나름대로."

"굉장하네."

"환경 덕분, 일까요? 다행히도."

전에 들은 얘기로는, 후지나미 양은 아줌마라고 부르는 양부모 곁에서 생활하고 있다고 했다. 그리고 아무래도 그 사람이 챙기고 있는 외국인들 중에 동남아시아 출신에 영어를 잘 하는 사람도 있어서, 그런 사람이 경영하는 개인 레스토랑에 놀러 갔을 때 영어로 말하는 일이 많았다고 한다.

"처음에는 무슨 말을 하는 건지 잘 몰랐지만요. 맞춰주다 보니 자연스럽게 대화가 가능해졌어요."

"서당 개 3년이면 풍월을 읊는다는 거구나."

"배우기보다 익혀라, 일까요? 해외여행을 해도 현지의 말을 할 수가 없으면 얻을 수 없는 게 있을지도 모르니까……. 이건 제가 멋대로 그렇게 생각하는 것뿐이지만요. 뭐, 대화가 성립하는 것처럼 보여도 의사가 통하고 있는가 하고는 별개고, 대화에 열중하다 보면 놓치는 게 있을 수도 있죠."

"예를 들어서?"

"대화에 열중하다 보면 못 보게 되거든요. 시간 같은 거."

후지나미 양이, 재빨리 다 먹은 다음의 쓰레기를 봉투에 담아 입구를 묶고 일어섰다.

깨닫고 보니 벌써 휴게소에는 점심을 먹는 사람의 모습

이 없었다. 휴대전화의 시간을 보고 당황했다. 오후 수업까지 2분밖에 안 남았어.

"그렇구나."

"자, 서두르지 않으면 지각해요. 수업료가 아깝잖아요."

발 빠르게 복도를 걸으면서, 나는 그래도 대화로 얻을 수 있는 것이 많을 거라고도 생각했다.

학원이 끝나고, 건물을 나섰을 때는 이미 해가 저물어 있었다.

아야세 양에게 받은 넥 워머로 목덜미를 감싸고, 나는 시부야의 역 앞에 있는 서점까지 자전거로 달렸다. 볼에 닿는 바람이 차갑다. 눈을 깜빡이기만 해도 눈물이 난다. 이 시간에 이 정도로 추우면 알바를 마치고 집에 갈 때는 얼마나 추워지는 걸까?

역시 한겨울 밤에 자전거는 관두는 게 좋을지도 몰라.

주차장에 자전거를 세우고, 잠깐 걸어서 난방이 켜진 건물 안에 들어가자, 안도의 숨결이 흘렀다. 그대로 서점의 사무소로 갔다.

유니폼으로 갈아입고, 매장으로 나섰다. 쭉 둘러보고, 선반의 재고나 평상의 책이 얼마나 줄었는지 미리 체크를 해뒀다.

"오~, 우리 후배!"

알바 선배인 요미우리 시오리— 요미우리 선배가 말을 걸었다.

유니폼이 아니니까, 이제 막 온 참이겠지.

"좋은 밤— 아니, 좋은 아침입니다, 였던가요?"

"왜 밤에 아침 인사야?"

"요미우리 선배가 전에 그랬잖아요. 업계에서는 그렇게 인사를 하는 법이라고."

"……아~. 그랬었지 참. 펠프스[#1] 군은 참 성실하네."

"그건 또 누군데요?"

요미우리 선배가 하는 말이니 분명히 소설 같은 데서 나오는 인물이겠지만, 내가 아는지 모르는지 상관 않고 말하니까 참 곤란해.

"글쎄. 누굴까요? 그리고 이 기억은 자동적으로 소멸한다."

"소멸하면 안 되는 거 아닌가요?"

다시 말해 기억할 생각이 없는 거네.

"후후훗~. 근데, 어라? 여동생은?"

"오늘은 교대 근무입니다."

아야세 양은 아침 10시부터 밤 6시까지 풀타임으로 일하고 있으며, 나랑 교대하여 퇴근한다. 아마 슬슬 옷도 갈아입었을 것이다.

#1 펠프스 제임스 펠프스. 영화 「미션 임파서블」과 원작 드라마의 등장인물. 동명의 원작 드라마는 한국에 「제5전선」으로 번역되었다. 영화에서는 주인공과 팀원들을 배신하는 악역이지만, 드라마에서는 시즌2부터 끝까지 활약하며 드라마를 대표하는 캐릭터다.

모아둔 돈을 수학여행에서 쓰게 될 것 같다고 해서, 아야세 양은 1월 후반부터 휴일에 상당히 긴 시간 근무를 넣고 있었다. 그 대신 그런 날은 퇴근 시간이 이르다.

그 때문에 나랑 알바 시간 겹치는 날이 적어졌다.

그것을 사무소에 돌아가면서 대강 설명했다.

"허허허. 수학여행이라. 좋겠다아, 부럽다아."

"그래서, 다음 주에는 저도 아야세 양도 근무가 없어요."

"너희들이 없으면 전력이 다운되는데에. 뭐, 생각보다 한가한 달이니까 그나마 괜찮지만. 수학여행 좋겠네에. 나는 이제 슬슬 취직 활동을 생각해야 하는데, 치~사~해~."

"치사하긴 뭐가요. ……하지만, 요미우리 선배도 취직은 고민이 되는군요."

"하지만, 이란 건 뭐야?"

"일과 취미를 딱 구분하니까 일은 뭐든지 괜찮다고 말할 것 같았어요."

"그건 그래. 무슨 일을 하든지 책은 읽으니까."

역시.

"그건 그렇지만 항상 책을 섭취하기 위해서는 돈이 필요하다고 영리한 나는 알고 있지. 있잖아. 우리 후배는 내가 무슨 일이 적성에 맞을 것 같아?"

요미우리 선배는 자기 코끝을 손가락으로 톡톡 찌르며 말했다.

"선배라면 어디에 취직하든 어느 정도 성공할 것 같은데요."

"추켜세워도 아무것도 안 나오거든?"

"희망하는 건 있어요?"

"응~. 이대로 서점에 취직을 하거나, 출판사로 가거나, 아예 스트리머나 연예인이 돼서, 일확천금이라거나."

진지한 표정으로 이상한 마무리는 준비하지 마세요.

"뭐든지 될 것 같은데요."

말하면서 새삼 생각했다. 정기적으로 손님에게 고백을 받는 미인이자 츠키노미야 여자대학 출신의 재녀라면, 마지막에 농담으로 덧붙인 연예인마저 될 수 있지 않을까?

"뭐든지 『될 것 같다』, 란 말이지……."

선배는 의미심장하게 한숨을 쉬었다.

"뭐, 됐어. 고민하는 건 나중에 하고. 그건 그렇고. 사키양이 없으면 오늘은 나랑 우리 후배가 계산대 담당이구나. 뭐—."

사무소 바로 앞에서 요미우리 선배가 시선으로 가게 안을 훑었다.

"—이 시기라면, 그럭저럭 한가할 것 같지만."

"그렇네요."

일요일인데도 별로 붐비지 않는다.

일본의 2월은 환경이 격변하는 계절이다. 기후에 이끌려

수요도 얼어붙는 건지, 일반적인 것이 팔리기 어려운 계절이라고 한다. 그건 책도 예외가 아니며, 매주 잘 팔리는 만화 잡지나 부동의 대인기 작품, 작가의 신간을 제외하면 상당히 매상이 쓸쓸해지기 쉽다.

수험 당일에도 개의치 않고 마음에 드는 작가의 신간을 읽는 책벌레는 극히 소수의 예외이며, 부모도 어이없어 한다.

"그러면. 우리 후배, 오늘도 잘 부탁해."

손을 훌훌 흔들고 요미우리 선배가 탈의실로 사라졌다.

나는 사무소를 들여다보고 점장님에게 인사를 드렸다. 이 시점에서, 뭔가 할 일이 있으면 부탁을 받는다. 예상대로, 계산대 일 틈틈이 반품 품목 운반을 도와달라는 말을 듣고 말았다. 휴일에는 도매점의 배송이 멈춘다. 반송은 배송과 세트니까, 다시 말해서 반품 서적이 담긴 박스가 쌓이게 된다.

요컨대 육체노동이다. 알겠다고 대답하고 나는 매장으로 나섰다. 1시간도 안 되어 가게를 서성이던 학생들도 샐러리맨들도 자취를 감추고, 피크 아웃으로 한가해졌다. 반품 서적의 산도 정리하고, 계산대로 돌아왔지만, 애당초 계산대에 오는 손님이 없다. 시계를 보자, 아직 알바가 끝나려면 1시간 정도 남았다. 계산대를 지키는 나랑 요미우리 선배만 덩그러니 서 있는 상황이다.

이러면 아무래도 늘어지게 된다.

“한가해!”

“한가하네요.”

“있잖아, 우리 후배. 아까 한 얘기 말인데. 수학여행은 어디로 가?”

그래서 나는 후지나미 양에게 말했던 내용을 요미우리 선배에게도 다시 말했다.

행선지가 싱가포르라는 것, 그걸 위해 용돈을 모으고 있다는 것. 현지인과 대화할 수 있으면 좋겠지만, 어학에 자신이 없다는 것. 물론 이 대화는 작은 소리였고, 손님이 오면 즉시 응대했다.

그건 그렇고, 10분에 한 번 계산 업무를 하게 되면 쓸데없는 대화가 시작되는 법이다.

“수학여행에 밸런타인. 이놈이고 저놈이고 청춘이네에.”

“지금까지 대화하면서 밸런타인 얘기가 나왔었나요?”

“오늘의 한가함은, 시부야에 커플 정도밖에 없다는 증거가 아닌가 싶거든.”

“지나친 편견인 것 같은데…….”

“우리 후배는 초콜릿 받았어?”

“네? 아아. 그게, 뭐. 가족한테 받은 정도라.”

아야세 양과 아키코 씨는 가족이니까 올바른 표현이다. 나라사카 양만 친구라면서 의리 초코. 그러고 보니 후지나미 양하고는 밸런타인의 화제도 전혀 안 나왔지만, 뭐 그 정도가 나와 그녀의 거리감이란 거지.

어쨌거나 요미우리 선배한테 놀림 받기만 하는 건 좀 그러니까, 적당히 얼버무리기로 했다.

알바 끝날 시간이 되어 사무소로 돌아왔다.

마침 같은 타이밍에 요미우리 선배도 짧은 휴식에 들어가는지, 백화점 봉투를 들고 사무소에 찾아왔다. 봉투에서 빨간 작은 상자를 꺼내더니, 안쪽 데스크에 앉아 있던 점장에게 건넸다.

"점장님. 의무 초코입니다."

"그래. 고마워. 요미우리 군."

의무? 의리가 아니라? 내가 고개를 갸웃거리는데, 요미우리 선배는 점장에게 꾸벅 고개를 숙이고 이번에는 나한테 다가왔다. 그리고 마찬가지로 종이봉투에서 꺼낸 빨간 상자를 작은 소리로 말하며 건넸다.

"자, 의리 초코야."

점장에게 건넨 상자랑 완전 같은 거다.

나는 고개를 갸웃거렸다.

"의무랑 의리의 차이는 어디 있죠?"

"담겨 있는 마음?"

"왜 그게 의문형이죠?"

"그러니까아, 담겨 있는 마음의 종류가 다르다는 거야아."

대체 이 작은 상자에 어떤 마음이 담겨 있는 걸까.

"애정?"

"역시 의문형이네요."

"의리라고 쓰고『러브』라고 읽는다."

"그 덧말(루비)은 무리가 있다고 생각합니다."

"취직 활동의 스트레스를 후배로 치유하려는 선배의 마음인데."

"직장 내 강압의 입구에 서 있군요. 후배를 힐링용 굿즈로 취급하지 말아 주세요."

"나도 해외여행 정도는 가고 싶어어. 훌쩍훌쩍. 있지, 우리 후배. 나를 수학여행의 현지 가이드로 고용해주지 않을래?"

"영어외화가 능숙하다면, 평범하게 외자계 기업에 취직하는 걸 추천합니다."

"능숙하다고 할 정도는 아니니까~. 내 학부도, 딱히 영어 회화 능통자가 많은 게 아니고~. 읽는 것 정도는 못하면 곤란하지만."

"그런가요?"

"최신 논문은 영어가 제일 많으니까~. 앱스트랙트를—논문 내용을 짧게 요약한 걸 그렇게 부르는데. 대충 말하면, 논문을 뒤질 때 앱스트랙트를 대량으로 보면서 범위를 좁히고 논문을 읽는 거야."

"흐음, 그렇군요."

"그 앱스트랙트도 애당초 영어란 말이지. 그러니까, 방

대한 영어의 앱스트랙트를 읽고, 거기서 기나긴 논문의 영어를 읽는다. 그러니까—."

듣기만 해도 알파벳이 뇌를 팽팽 돌릴 것 같다.

"그래서 문장이라면 장문이라도 읽을 수 있는 학생이 많아. 그리고 대학원까지 가는 사람이면 일상 회화 정도는 평범하게 할 수 있어. 하지만 일반 학부생은 좀처럼 그 정도는 못 되거든. 쿠도 선생님은 술술 나오지만. 그 사람, 다들 싫어하는 거 알면서, 랩의 대화도 전부 영어로 해버릴까라고 한다니까. 다음 정기시험은 문제도 해답도 영어로 해버릴까 싱글벙글 웃으면서 말했어~."

대학은 참 힘들겠다. 아니면 그 선생님이 그냥 별난 건가?

동정을 하면서, 나는 요미우리 선배에게 영어 회화가 느는 요령을 물어봤다.

"그건 말이지. 뭐, 배우기보다 익히는 게 아닐까? 역시."

결론이 후지나미 양이랑 같네.

"외자계 일류 기업에서는, 필기시험이 문제도 해답도 전부 영어인 경우도 있으니까!"

"진짜인가요?"

"그러니까 우리 후배도 뭔가 하나 정도는 어학을 해두는 게 좋아. 그리고 외국어를 읽을 수 있으면 번역 전의 원서를 읽을 수 있어. 할리우드 영화화가 될 법한 SF 작품을 누구보다 빨리 읽는다!"

"오오옷!"
"그리고 대화를 할 수 있으면."
"할 수 있으면……."
"각국의 SF 정보통들하고 리얼타임으로 교류를 할 수 있어!"
"오오오!"
"더욱이 취직에도 도움이 된다! ……그럴지도 몰라."
"오, 오오……."
왜 마지막에만 시큰둥하지.
고마운 말씀을 들은 참에 요미우리 선배가 일하러 돌아갔다.
나는 그대로 알바를 마치고 가게를 나섰다.

주차장에 자전거를 세우고, 맨션의 입구를 지났다.
일요일 밤이라서 그럴 필요도 없지만, 습관으로 우편함을 들여다보고, 텅 빈 것을 확인하고서 엘리베이터로 집이 있는 층까지 올라갔다.
다녀왔습니다. 작게 말하면서 문을 열었다.
"어서 와."
"어라? 아야세 양, 여기서 공부하고 있었구나."
거실에서 아야세 양이 알파벳이 적힌 단어장을 펼치고 있었다.

"전에 아사무라 군도 말했었잖아. 장소를 바꾸면 기분전환에 좋다고. 그래서 나도 기분을 바꿔볼까 해서. 응. 가끔은 좋네."

"참고가 돼서 기쁘네. 아, 다녀왔어."

"응."

아야세 양이, 이어폰을 빼고 일어섰다.

"밥 먹을래?"

살짝 고개를 끄덕이면서 고마워, 라고 답했다.

평소처럼 아버지는 벌써 잠들어버렸고, 아키코 씨는 일하러 나가 있었다.

스포츠 백을 방에 두려다가 깨달았다. 요미우리 선배한테 받은 의리 초코를 꺼내 냉장고에 넣었다. 겨울이라지만 난방이 켜진 방에 두는 것보다는 좋을 거라고 생각했지.

"그거……."

아야세 양이 내 손을 보고 말했다.

"아아. 요미우리 선배한테 받았어. 의리 초코래."

넣으려던 초콜릿의 빨간 작은 상자를 보여줬다.

"아."

"응?"

"아니. 아무것도 아냐. 브랜드 초콜릿을 의리 초코로 줄 수 있는 재력이 대학생이구나, 싶어서……. 의리 초코지?"

"적어도 의무는 아니라던데."

"그게 뭐야?"

"요미우리 조크, 일까?"

무슨 소린지 모르겠어, 라고 했지만, 나도 요미우리 선배의 사고를 모두 해독할 자신이 없다.

다만 아무래도 그 사람은 난해한 퍼즐을 내는 것과, 난해한 농담이 같은 집합으로 카테고리화되어 있는 것 같아.

스포츠 백을 방에 두고 식탁으로 돌아왔다.

"데울 때까지 조금만 기다려."

"괜찮아."

아야세 양이 점심 때 남은 화이트 스튜를 데우는 사이, 나는 식기를 준비해서 밥을 그릇에 담아뒀다.

그릇을 든 채 의자에 앉자, 타이밍 딱 맞춰서 식사가 놓였다.

"고마워."

"천만에. 잠깐만, 하나 더 있어."

"응?"

나는 눈앞에 준비된 저녁 식사를 보았다.

점심 때 남은 야채와 닭고기의 화이트 스튜를 메인으로, 주식은 밥이고, 김과 톳의 절임을 곁들였다. 솔직히 밤도 늦었으니까 이걸로 충분한데.

달칵. 눈앞에 작은 병이 놓였다.

"……시치미 고춧가루?"

"응. 이걸로 전부."

"어?"

잘 모르겠다. 나는 간장파라서, 김에 간을 한다면 간장이 있으면 충분한데.

"디저트가 달콤한 거니까. 맵게 먹고 싶을까 해서."

"아니, 딱히 이대로도 충분히 맛있을……."

"사양하지 말고 써봐. 그럼, 공부 계속하러 갈게."

그렇게 말하고 빙글 돌아 등을 보이더니, 공부 도구를 가지고 아야세 양은 방으로 돌아갔다.

으음~. 생각했다.

어쩌면, 내가 모르는 것뿐이지 화이트 스튜에 시치미가 잘 맞는 건가?

그렇게 생각하여 시험해 봤지만, 딱히 엄청 맛있어지는 것도 아니었다.

아야세 양의 의문스런 행동은 의문으로 끝나고 말았다.

●2월 14일 (일요일) 아야세 사키

귀 안쪽에 남은 희미한 금속음이, 문이 닫히는 소리라는 걸 깨달을 때까지, 아주 약간 시간이 필요했다.

살짝 눈을 뜨고 머리맡의 시계를 보았다.

08:54.

아아, 벌써 9시가 다 됐어. 하지만 오늘은 일요일이니까 느긋하게…….

—못 지내!

10시부터 풀타임 알바를 해야 한다.

완전히 늦잠 잤어! 나는 이불을 확 떨쳐냈다. 곧장 차가운 공기가 몸을 휘감아, 부르르 몸이 떨렸다. 온풍기의 스위치에 손을 뻗으려다가 멈추었다. 그럴 시간마저 아쉬워.

"하나~ 둘."

소리를 내서 기합을 넣으며 옷을 벗었다.

평소에는 이불 속에서 온풍기를 조작하여 방을 데운 다음에 옷을 갈아입지만, 그러면 절대 시간에 못 맞춘다. 낭비 없이 움직이면 15분 전에 도착할 수 있을까 싶은 시간. 그것도 길을 전부 달렸을 때의 이야기다.

머릿속으로 필요한 행정을 그리고 힐끔 시야 끄트머리로 보이는 디지털시계의 숫자와 맞추어보면서, 손과 몸을 움직였다. 옷의 코디네이트를 생각할 시간도 아까우니까, 평소 기억에 스톡해둔 표준 돌려 입기 세트로 정했다.

액세서리류를 스포츠 백에 넣고 — 그건 알바하러 가서 탈의실에서도 장착할 수 있으니까 — 세면대로 뛰어갔다.

맹렬한 기세로 양치를 하면서, 머리를 세팅한다. 응. 어디 뜨진 않았어. 아아, 역시 방에 커다란 거울은 필요해! 세수를 하면서 이번에는 피부의 건조를 체크. 신경 쓰일 때는 보습 화장수를 쓰지만, 오늘 아침은 괜찮은 것 같아. 푹 잤으니까. 너무 푹 자서 문제지. 요미우리 씨가, 대학에 가는 나이가 되면 보습이 필수가 된다고 겁을 줬었지.

내 방으로 돌아가 휴대전화와 지갑과 그밖에 이것저것 소품을 잊은 게 없나 체크하고서 겉옷을 걸쳤다. 길을 모조리 달려갈 생각이라 머플러와 지갑도 가방 안에 넣어 방을 뛰쳐나왔다.

"사키."

목소리에 돌아보았다.

타이치 새아버지가, 차의 전자 키를 찰각 소리를 내면서 손가락에 걸고, 소파에서 일어나며 말했다.

"차로 데려다 줄게."

—내가 늦잠을 잤는데 남에게 그런 폐를 끼칠 수는 없다. 라고 거절할 것 같았지만 황급히 말을 삼켰다.

"저기…… 감사합니다. 부탁해도 될까요?"

"물론이지."

기쁜 표정을 보고, 나는 반대로 마음이 따끔했다.

맨션의 주차장까지 새아버지와 함께 서둘러 가며 나는 생각했다.

친아버지만 아버지라는 그런 의식은 스스로도 놀랄 만큼 없다. 다만, 내 의식 속의 카테고리는 얼마 전까지 아사무라 타이치라는 인물이 「엄마의 남편」에 지나지 않았다.

그건 아사무라 유우타도 마찬가지다. 「동거인」 이상은 아니었다.

하지만 정월의 시골집을 방문했을 때, 타이치 새아버지도 아사무라 군도 열심히 나랑 엄마가 친척들에게 익숙해질 수 있도록 완충재가 되어 주었다.

그때, 나도 마찬가지 일을 할 수 있다면, 마찬가지로 타이치 새아버지나 아사무라 군을 위해 힘을 내야겠다고 생각했다.

다시 말해서, 더욱 가족이 되고자 했다.

타인이 아니다.

타이치 씨는 새아버지다.

주문처럼 외면서, 나는 새아버지의 차에 탔다.

"안전벨트, 제대로 맸니?"

그렇지.

정월 때도 단단히 확인을 했었어. 급하게 당기려다가,

벨트에 오히려 끌려갔다.

"매, 맸어요."

"그럼 출발한다. 서점 앞에서 내려주면 되니?"

"네."

차가 가속하여, 등이 시트에 밀린다. 평소에는 달려서 십 수 분이 걸리는 길이지만, 자동차라면 5분도 안 걸린다. 이러면 편하게 시간 전에 도착한다.

"감사합니다."

"어차피 이 다음에 아키코 씨를 마중 나갈 거야. 겸사겸사지."

"아, 엄마를. 쇼핑인가요?"

"그래. 그러니까 정말로 겸사겸사야. 그리고 아버지다운 부분도 가끔은 보여줘야지."

일부러 그렇게 말을 해준 것은, 내가 마음에 괜한 부담을 느끼지 않게 하려는 것이라는 것도 알 수 있다.

상냥한 사람이다. 엄마, 정말로 좋은 사람을 발견했다고 생각한다.

"그렇구나— 감사합니다."

엄마가 의지할 수 있는 사람.

아마도, 그건 타이치 새아버지가 보기에도 마찬가지다. 그건 가족이니까 완전히 의지해도 된다는 게 아니라, 서로를 지탱한다는 거다.

전에 아사무라 군도 말했었지.

능숙하게 의지하는 것.

내가 지금까지 의식적으로 피해온 일이다.

벌써 반년 이상 전이다.

등 뒤로 멀어지는 아사무라 가족의 맨션. 저기에 나랑 엄마가 이사를 하고 금방이었을 때였다. 나를 위해서 일부러 알바 선배한테 물어본 어드바이스.

그래. 요미우리 씨였을 거야.

“괜찮아. 안 늦어.”

“어……아, 네.”

나는 양손으로 볼을 주물주물 문질렀다. 이제부터 접객업인데 표정이 굳어 있으면 어떡해. 아마 지금 찌푸린 표정일 거야.

“저기, 조금 괜한 것까지 떠올려 버린 것뿐이에요.”

타이치 새아버지가 고개를 갸웃거렸다.

이상한 대답을 해서 죄송합니다.

“그러니까…… 공부 열심히 하고 있잖니. 어제도 늦게까지 했다면서.”

묘한 분위기가 되려는 것을 부수듯 화제를 바꿔주었다.

“아, 그게. 지금 좀, 영어 회화에 집중하고 있어서요.”

“영어 회화라. 서툴렀니?”

“아뇨—.”

나는 무심코 쓴웃음을 지어 버렸다.

"특기라고 할 정도는 아니지만 그럭저럭. 단지 이왕 싱가포르에 가니까요."

"아아, 수학여행. 앞으로 얼마 안 남았었지."

나는 고개를 끄덕였다.

"그게…… 수험 공부도 있지만요. 지금 공부하는 건, 굳이 따지자면 그쪽에 갔을 때 조금이라도 말을 할 수 있으면 해서요. 히어링은 전부터 영어 회화 교재를 들었으니까 조금은 되는데. 단지……."

그렇구나. 타이치 새아버지가 수긍했다.

"말을 하는 건, 분명히 하루아침에 어떻게 되는 게 아니니까."

"그렇단 말이죠."

"하지만, 괜찮지 않을까? 수험을 위해서만 하는 공부가 아니니까. 언어는 애당초 커뮤니케이션을 위한 거니까, 수학여행에서 현지인과 대화를 해보고 싶다는 동기는 멋진 거라고 생각한다."

그렇게까지 칭찬을 하면 익숙하질 않으니까 쑥스럽다.

"조금 더 능숙해지고 싶었지만요."

"애당초 동기가 수험을 위해서가 아니라면, 이번 여행에 맞추지 못해도 계속할 수 있을 거야."

"네."

“다만, 무리는 하지 말고. 너무 밤늦게까지 깨어 있으면 아키코 씨도 걱정하니까.”

걱정스런 음성으로 말하자, 나는 확실하게 고개를 끄덕였다.

“무리는 안 할게요.”

그 타이밍에 차가 멈추었다. 알바하는 서점이 있는 건물 앞에 도착해 있었다.

“그럼, 다녀오렴.”

“다녀오겠습니다— 아, 냉장고 안에 초코 있어요. 쪽지 붙여놨으니까, 알 수 있을 거예요. 새아버지한테라고 적혀 있으니까요.”

문이 닫히기 직전에 본 새아버지의 또 다시 기쁜 표정에, 나는 새삼 이 가족을 소중히 하고자 생각했다.

알바를 열심히 하다 보니, 순식간에 시간이 지나 퇴근 직전.

이제 퇴근한다고 사무소에 말하러 갔다.

점장이 「수고했어. 오늘 열심히 하더라」라고 칭찬해 주었다.

지각하기 직전에 아슬아슬하게 왔다는 게 켕긴 탓에 기합이 좀 너무 들어간 걸까?

생각도 못한 말이라 놀라 버렸다.

탈의실에서 옷을 갈아입으며 점장의 말을 돌이켜보고, 오늘은 연장자에게 칭찬의 말을 받는 날이구나, 라고 생각했다. 그것도 스스로는 칭찬을 받거나 평가를 받을 거라는 의식이 없었던 곳에서.

그러고 보니 알바하는 사람들 가운데 휴식 시간에 의리 초코를 나눠주는 사람도 있었지. 나는 그런 거에 흥미가 없었고 필요하다고 생각도 못했는데.

돌이켜보면 점장님은 계속 내가 아사무라 군의 여동생이라는 것을 덮어두고 아야세란 성으로 고용해주었다.

새삼스럽지만 의리 초코 하나 정도는 선물해도 좋지 않았을까 후회했다.

그리고 그런 생각을 하는 자신에게 놀랐다.

나는 나 자신이 세간의 여러 가지 얽매임과 거리를 두고 살아왔다고 생각했었는데—.

탈의실을 나서려고 문을 연 참에 들어온 요미우리 씨와 마주쳤다.

"오~, 정말로 교대구나~. 아슬아슬하게 만났네."

"좋은 밤—아니, 좋은 아침이네요. 요미우리 선배."

"내가 잘못했어, 펠프스 양."

"네?"

"이제 불가능한(임파서블) 임무(미션)에 안 가도 되니까, 평범하게『좋은 밤』이면 되려나?"

뭔지 모르겠지만 양손을 마주치면서 부탁하면 거절 못하겠네.

"아, 네. 좋은 밤이네요."

"지금 돌아가?"

"그런, 데요."

요미우리 씨는 내 옆을 지나 탈의실 안에 발을 들였지만, 살랑살랑 손짓을 해서 불렀다. 어깨에 큼직한 백화점 종이봉투를 걸고 있었는데, 거기서 작은 포장 2개를 꺼냈다.

"자. 나눠줄게. 알사탕이지만. 어느 쪽이 좋아?"

"어떻게 다른데요?"

"이건 달콤한 거. 이건 매운 거."

매운 사탕?

"고춧가루 사탕이래. 여행 갔던 친구한테 받았어."

아아, 그래서 「나눠주는」 거구나.

그렇지만 소금 사탕이라면 이해되지만(그건 사실 달다) 고춧가루 사탕이라는 건 맵기만 한 거 아닐까?

"사소한 건 신경 쓰지 마. 재미있을 것 같으니까 된 거야! 나도 옛날에 두리안 사탕을 받은 적이 있어."

두리안이라면, 그 냄새가 강렬하다는 그거?

"그래. 게다가 과실의 감칠맛은 없고, 냄새만 봉인한 것 같은 사탕이었어. 하나 다 먹을 때까지 지옥 같았다니까~."

"……고춧가루로 주세요."

달콤한 건 다른 사람한테 양보하자. 매운 사탕이라는 거에 조금 흥미가 있기도 하고.

"자. 그러면, 이걸로 뇌물은 OK구나. 나중에 오빠야만 초콜릿 받았어~ 라고, 여동생이 질투를 하면 안 되니까."

"안 해요."

그런 걸로 질투라니.

그리고— 그런가. 아사무라 군한테도 초콜릿 주는구나, 그렇구나. 그건 뭐 직장 동료니까. 그건 그렇겠지.

"저기, 그러면, 먼저 퇴근할게요."

"아, 다음 주에 수학여행이라며? 좋겠다~. 즐기고 와. 또 봐~."

"고맙습니다. 그럼, 갈게요."

가게를 나오고서 깨달았다.

나, 수학여행 간다고 말했던가?

가게를 빠져나올 때 매장으로 나오는 아사무라 군이 보였다. 그렇구나. 아사무라 군한테 들었겠네.

이제부터 요미우리 씨랑 같이 그는 알바를 하는구나…….

오늘은 2월 14일. 돌아오는 길. 시부야의 거리를 지날 때, 나란히 서서 걷는 남녀와 여러 번 스쳤다.

밸런타인데이란 거네.

마아야 말로는, 데이트라면 토요일이잖아, 라고 하는데. 그렇지도 않은가 보다. 잔뜩 있네.

집으로 돌아오자, 새아버지와 엄마가 오랜만에 함께 저녁을 먹고 있었다.

"초콜릿, 고마워. 맛있었다."

새아버지가 얼굴을 보자마자 고맙다는 말을 했다.

만들어준 초콜릿 쉬폰 케이크도 통째로 먹었으면서. 엄마가 조금 기가 막힌 표정이다.

조금 더 칼로리를 줄인 선물을 했어야 했을까?

엄마가 데워준 점심 때 남은 화이트 스튜를 먹으면서, 나는 지금쯤, 아사무라 군과 요미우리 씨가 뭘 하고 있을까 생각했다.

그렇게, 둘이 함께 있는 건 어쩐지 싫어. 라고 생각해버린 자신을 깨달아 버렸다.

나, 이렇게 속박하고 싶은 타입이었나…….

그 감정을 질질 끌면서 방에 틀어박혀 공부를 해봤는데, 집중이 안 된다.

고개를 좌우로 강하게 흔들었다. 이러면 안 돼. 이러면.

"환경을 바꾸자."

일부러 입 밖으로 내서 말하고, 공부 도구를 가진 채 방을 나섰다.

장소를 거실로 옮겨서 재개한다.

이어폰을 끼고 괜한 소리를 의식에서 쫓아내고, 영어에

집중하려고 했다. 눈앞에 펼쳐진 텍스트랑 같은 내용이 귀에서 들리고 있는데, 텍스트는 보지 않고 말의 내용을 이해하려고 했다. 다시 말해서, 영어를 일본어로 번역하려는 게 아니라, 영어를 영어 그대로 이해하려고.

왜냐면, 영어로 말하는 사람들은 딱히 머릿속에서 번역을 하며 듣는 게 아닐 테니까.

하지만, 말은 쉬워도 실천은 어렵다.

아아, 이럼 안 돼. 애당초 그 말 자체가 일본어다.

그러니까, It's easy to say, hard to do. 였지. 세이는 이지하지만, 두는 하드하다.

영어를 듣고, 영어 그대로 뇌가 처리해야 해.

……두를 못하는 것 같다.

영어 회화 어려워.

『애당초 동기가 수험을 위해서가 아니니까, 이번 여행에 맞추지 못해도 계속하면 될 거야.』

타이치 새아버지의 말이 머릿속에서 되살아났다.

언어는 애당초 커뮤니케이션을 위한 것. 나 말고 누군가의 준비나 감정을 이해하고, 자신의 의사와 감정을 상대에게 전달하기 위한 것…….

시험뿐 아니라, 장래를 생각하면 분명 필요해진다.

할 수 있는 건 해둬야지.

의식을 집중시키자, 차츰 머릿속에서 일본어가 빠져나

간다.

일사불란해서 그런 걸까? 평소에는 집의 문이 열리는 걸 깨닫는데, 그때는 거실로 이어지는 문이 열릴 때까지 눈치 못 챘다.

고개를 들어, 반사적으로 말을 자아냈다. 그래도 일본어가 나오는 걸 보면, 모국어라는 건 견고한 거라고 생각했다.

"어서 와."

눈앞에 스포츠 백을 어깨에 맨 아사무라 군이 있다. 알바하고 돌아왔구나.

나는 이어폰을 빼고, 의자에서 일어섰다. 테이블 위에 둔 휴대전화에 삭 눈길을 주고 시간을 확인했다.

시간은 별로 안 늦었어.

그 말인 즉, 아사무라 군은 알바하고 집까지 곧장 돌아왔다는 거다.

"밥 먹을래?"

고개를 끄덕여서 나는 준비를 시작했다.

타이치 새아버지가 저녁을 적게 먹어서, 다행히 스튜가 아직 남아 있다.

아사무라 군은 한 번 자기 방으로 돌아가려다가 어째선가 키친으로 돌아왔다.

그대로 냉장고를 열고, 가방에서 꺼낸 것을 안에 넣으려고 했다. 나는 괜히 눈썰미로 그걸 깨달아 버려서, 무심코 목소리가 나와 버렸다.

"그거……."

가만히 그의 손에 시선을 쏟았다.

물론, 초코다. 그야 그렇겠지. 요미우리 씨도, 준다고 했으니까.

아사무라 군은 딱히 동요하지 않고 자연스럽게, 요미우리 씨에게 받은, 손에 든 물건을 보여주었다.

패키지가 낯이 익어.

"아."

그건 작은 조각 하나 값으로 과자 빵 하나를 살 수 있는 브랜드의 초콜릿이었다. 고교생인 나는 도저히 의리로 살 수 없는 것.

반사적으로 「의리 초코지?」라고 묻고 마는 자신이 부끄럽다. 확인이라기보다, 그것 말고 다른 대답을 용납하지 않는다는 마음이 나와 버렸다. 나는 이렇게 마음이 좁았었던가?

요미우리 씨의 얼굴이 떠오른다.

『나중에 여동생이 질투를 하면 안 되니까.』

이래선, 요미우리 씨의 예측이 들어맞았잖아.

나는 그 이상의 대화를 끊고 얼른 아사무라 군의 저녁 식사 준비에 전념했다.

메인인 화이트 스튜 말고는, 김과, 냉장고에서 톳의 조

림을 꺼냈다.

이제 밤이 늦었다. 위에 부담이 걸리지 않도록 가벼운 게 좋겠지.

새아버지도 엄마의 케이크와 내 초콜릿을 둘 다 먹었으니까 저녁은 그다지 안 먹었고, 아사무라 군도 식후의 디저트가 있으니까.

냉장고 안의 빨간 작은 상자.

식탁에 모두 놓자, 의자에 앉은 그가 「고마워」라고 했지만 나는 반사적으로 이렇게 말했다.

"잠깐만. 하나 더 있어."

고개를 갸웃거리는 그의 앞에 빨간 작은 병을 달칵 놓았다.

"디저트가 달콤한 거니까, 맵게 먹고 싶을까 해서."

그렇게 변명을 하듯 덧붙였다.

"사양하지 말고 써봐. 그럼, 공부 계속하러 갈게."

도망치듯 나는 공부 도구를 정리해서 방으로 돌아갔다.

의자에 앉아 머리를 감싸 쥐었다.

"아…… 한심해."

책상 위에 놔둔 요미우리 씨에게 받은 사탕을 보았다. 포장지를 풀고 입 안에 넣었다.

"매워."

정말, 난 대체 뭘 하고 있는 거지…….

●2월 16일 (화요일) 아사무라 유우타

나뭇결이 선명한 체육관의 바닥을 둔탁하게 두드리는 공의 소리.

울리는 그 소리에, 학생들이 바닥을 강하게 박찰 때 울리는 실내화 소리가 섞였다.

5교시의 체육이라는 느슨한 분위기를 날려 버리는 소리가 울린다.

"이리 줘!"

골 아래로 남자 한 명이 달려간다.

몸집이 커서 둔해 보이는 인상을 주지만, 그걸 배신하는 안경을 쓴 지적인 풍모를 가졌고, 단련된 근육의 갑옷을 입고 있었다. 2학년이면서 야구부의 레귤러 포수를 맡는 남자다.

"마루, 부탁한다!"

그 소리와 함께 가슴팍으로 날아온 오렌지색 공을 받은 마루는, 골 아래 진을 치고 있던 상대 팀의 디펜스를 페인트 한 번으로 제치더니 몸을 돌려, 무릎을 크게 굽혀 몸을 숙였다.

다음 순간에는 모은 힘을 해방해서 공중으로 날아올랐다. 양손에 들고 있던 볼을 미끄러지듯 오른손 하나로 바꿔 든다. 그대로, 문자 그대로 골 위에 두고 오듯이(레이업) 볼을 놓고—.

“안 된다아아아!”

볼을 놓기 직전에 마루의 오른손을 찰싹 때리는 손.

날카롭게 휘슬이 울렸다.

“파울!”

착지한 마루가 씨익 미소를 지었다. 막으려던 상대측 남자가 분한 기색으로 표정을 찡그렸다.

자유투를 따내 훌륭하게 골을 넣어 승부에 결판을 내고, 마루는 가쁘게 숨을 쉬며 코트 밖으로 나왔다.

“수고했어.”

“그래. 아직 더 할 수 있는데 말이지.”

태연해 보이는 마루하고 대조적으로 다른 남자애들은 주저앉아 있었다. 아~ 힘들다. 여기저기서 이런 소리가 들리고, 교사가 기가 막혀서 너희들 운동부족 심각하다는 말을 했다.

체육관 반대쪽에서 여자들이 배구를 하고 있으며, 그쪽에서도 커다란 소리와 비명 같은 함성이 들렸다.

제일 커다란 소리로 소란을 피우는 건 물론 아야세 양의 친구인 나라사카 양이다.

지금, 손가락 부러졌어~ 라는 소리가 들린 것 같은데. 아마 그냥 조금 찧었거나 그런 거겠지(정말로 부러졌으면 소동이 훨씬 클 거다), 배구도 상당히 가혹한 경기니까.

여자들 쪽을 보고 있던 마루가, 문득 입을 열었다.

"그러고 보니, 내일부터 수학여행이지."

나는 무심코 한숨을 흘렸다.

그렇네. 내일은 이제 비행기를 탄다.

"뭔데? 무슨 한숨이야?"

"무서워."

"뭐?"

"마루는 비행기가 어째서 하늘을 나는 건지 알고 있냐?"

"베르누이 정리라는 게 있잖아. 날개 위아래에서 날개 표면에 흐르는 공기의 속도— 유속을 바꿀 수 있으면 기압 차이가 생긴다. 위쪽의 기압이 낮고 아래가 높아지면, 위로 올라가는 힘이 생긴다. 이게 베르누이 정리고, 역장이 발생하는 걸 이해할 수 있어. 요컨대 조건을 갖추면 날개 위아래에서 유속을 변화시킬 수 있다는 거야. 유속을 바꾸기 위한 구조도 알고 있지만…… 꼼꼼하게 설명하는 건 귀찮다. 듣고 싶냐?"

"지금은 체육 시간이니까 됐어."

그런 건 물리 시험 전에나 듣고 싶다.

"뭐, 인간은 물에 뜬다는 걸 알고 있어도 물에 빠지는 게 무섭고, 심장을 움직이는 근육이 불수의근이라는 걸 알고 있어도 멋대로 멈추지 않을까 겁을 먹는 법이니까. 논리가 아니야."

웃으면서 하는 말에, 나는 또 다시 한숨을 쉬었다. 그렇단 말이지. 논리는 알고 있어도 완전히 납득하기 어려워. 무서운 건 무서운 거다.

"만약 추락하면 어떡하나 생각이 들어서."

"가능성이 제로는 아니지만, 그렇게 말하면 내일 하늘이 무너져서 세상이 끝날 가능성도 제로가 아니다. 기우라고 하는 거지."

"그야 그렇지만."

아니, 하늘이 무너질 가능성은 제로 아닐까?

"엘리베이터를 탈 때마다 로프가 끊어져 떨어지지 않을까 걱정하면 멘탈이 남아나질 않잖아."

"익숙해지면 괜찮겠지만. 비행기는 처음이니까."

"즐거운 일을 생각해서 불안을 지우는 게 제일이야. 비행기에서 내린 뒤의 즐거운 일이라도 열심히 상상해라."

"즐거운 일이라…… 마루는 있어?"

"음. 싱가포르에는 카지노가 있잖아. 꼭 가보고 싶다."

"아니, 안 되지."

카지노 자체는 싱가포르에서 위법이 아니다. 하지만 연령 제한이 있다. 21세 미만은 금지로 벌금을 물게 된다.

"모를 일이잖아. 내일이라도 법률이 바뀌어서 21세 미만이 17세 미만으로 변경될지도 몰라."

"아니. 아니. 그럴 일 없어."

애당초, 싱가포르 안에서 그런 의논을 나누고 있었다면 뉴스가 하나 정도는 흘러 들어왔을 거야.

"그러나 아사무라여. 애당초 일본에서는 도박은 어른이라도 위법이다."

"그렇지."

"같은 일을 해도 용납이 되거나 안 되는 이유는 뭐지?"

아뿔싸. 나는 생각했다.

비행기가 어째서 날 수 있는가 하는 말을 꺼낸 내가 잘못한 거지. 스위치가 켜져 버린 마루의 뇌는 지금 대단히 격렬하게 작동하고 있다.

다시 말해서 논리를 따지고 있다.

체육 수업의 휴식 시간에 법률 이야기를 하고 싶어질 정도로 뇌가 작동하고 있다.

"그러니까, 왜냐고 해도 말이지……. 그건 뭐, 그 나라 나름대로 근거나 역사적인 경위가 있으니까, 그렇다거나."

전에 이런 SF를 읽은 적이 있다.

유행병으로 남자의 인구가 극단적으로 줄어버린 결과, 여성이 나라를 다스리게 되어, 여성 장군을 위해 남성들로만 구성된 후궁이 만들어졌다는 거다. 다시 말해서 일처다부제도가 채용된 세계의 이야기였다.

그런 법률이 용납되는 것은 그게 필요해지는 경위가 있

다는 것이다.

룰에는 대개의 경우 나름대로 근거가 필요하며, 안 그러면 받아들이는 쪽이 납득하지 못한다.

"그건 다시 말해서 사회의 룰은 절대적인 것이 아니며, 상황이 바뀌면 룰이 바뀐다는 거잖아?"

"그런, 거지."

"그러면, 내일부터 17세 이상은 카지노에 출입 자유가 되는 일도 있을 수 있다."

"비약입니다요."

사고가 동계 올림픽의 라지힐 점프 정도로 날고 있다.

"연령에 따른 제한처럼 애매한 것도 별로 없다, 아사무라. 실제로 이 나라도 성인 연령이 얼마 전까지는 20세였지. 두 살이나 단번에 내려갔을 정도야."

그건 그렇지만…… 21세에서 갑자기 17세는 네 살이나 내려갔잖아."

"내가 하고 싶은 말은 말이다—."

말하면서 일어서더니, 마루는 굴러다니던 볼을 주웠다.

그 자리에서 텅텅 바닥에 튕겼다. 좌우의 손을 교대로 사용해 재주 좋게 볼을 다룬다. 야구부인데 농구도 특기라니 불공평하지 않아?

나는 마루를 따라 일어서서, 드리블하고 있는 마루에게서 볼을 빼앗고자 손을 뻗었다.

백스텝을 밟아 마루가 나에게서 도망쳤다.

"술래잡기다. 안 뺏겨."

"여유의 미소를 언제까지 짓고 있을 수 있을, 까! 칫."

"유감일세."

페인트를 섞어 뻗은 내 손을 스르륵 피해서 마루는 빙글 돌아 등을 보였다.

커다란 몸 자체를 이용해 나에게서 볼을 감춘다.

"불공평하다. 핸디캡을 요구한다."

"무슨 소리야. 코트에 들어가면 대등하거든."

"스포츠 경험자랑 미경험자의 1 on 1이면 나한테 승산이 없어."

"농구는 내 전문 아냐. 나도 아사무라랑 비슷한 정도의 경험밖에 없다."

"운동신경 자체에 차이가 있거든. 얍— 칫!"

옆으로 돌아가 뺏으려고 했지만, 말을 나누면서도 마루는 방심하지 않아서 내 손은 다시 허공을 갈랐다.

말하면서 농구를 하는 건 무리가 있다.

나는 멈춰 서서 거친 호흡을 정돈했다. 마루도 그 자리에 서서 드리블을 계속한다.

"그러니까. 아사무라여."

"응?"

"다시 말해서 내가 하고 싶은 말은, 젊은이라고 금지한다는 걸 납득 못하겠다는 거다."

마루다운 이유라고 생각했다.

"마음은 알겠는데."

"도박으로 신세를 망치는 놈이 있을지도 모르지. 그러나 그게 안 좋은 일이라면 어른이 되어서도 금지를 해야지. 고작해야 4년의 차이로 용납이 되고 안 되고 하는 건 납득이 안 돼."

카지노, 그렇게 가고 싶었냐.

"음주나 담배나 의약품과 마찬가지로, 젊으면 더 영향이 크기 때문 아닐까?"

"초등학생이라면 이해할 수도 있지. 하지만, 17세잖아, 우리는 이미……."

말하면서, 마루는 앞으로— 링이 있는 쪽을 향해 드리블을 시작했다.

그렇다. 다시 말해서 마루는 어른 취급을 받고 싶은 거구나.

오른손과 왼손을 교대로 사용하면서 마루는 계속 드리블을 했다. 이제 골까지 5미터도 안 남았다. 그걸 막으려고 나도 필사적으로 따라갔다.

그러나 따라잡을 수가 없었다.

등으로 뻗은 내 손가락이 살짝 마루의 등을 스쳤지만, 그게 다였다.

커다랗게 발을 디디고, 1초, 2초…….

마루는, 몸과 팔을 깔끔하게 뻗어 볼을 골에 넣으러 갔다.

훌륭한 호를 그린 볼이 링에 들어간다. 금속 고리에 닿지도 않고, 그물이 철썩 흔들린다.

한 박자 늦게 떨어진 볼이, 통통 몇 번인가 바닥에 튕기며 벽으로 굴러갔다.

"아사무라, 하고 싶은 말은 말이다. 17세라면, 이제 파멸도 의존도 전부 자기 책임이라도 괜찮지 않은가라는 거다."

"하고 싶은 말은, 잘 알겠어. 하지만, 궤변을 늘어놔도, 17세의 우리는, 지금 싱가포르의 카지노에 못 들어가고—."

거칠게 숨을 쉬며 말했다.

그러면서 나는 마루가 레이업을 했을 때 몇 걸음 걸었는지 세고 있었다.

"—워킹은, 반칙이야."

"들켰나!"

마루가 웃었다.

"알고 있어. 카지노는 뭐, 그냥 농담이다."

6교시는 HR 시간이었다.

수업시간 하나를 통째로 소비해서, 수학여행의 자유행동 최종 조정을 한다.

—말만 그렇고 잡담 타임이었다.

조별로 모여서 서로 의논을 하고 있는데, 아무리 그래도 전날이 되어서 끝도 없이 행동예정을 정하진 않는다. 스케줄은 이미 만들어져 있고, 오늘은 그걸 최종 확인하는 것이다.

참고로 수학여행의 자유행동은 6명 한 조 단위로 한다.

기본적으로 남자 셋, 여자 셋의 혼합이다.

“그래서…… 뭐, 우리들의 예정 하이라이트는 이틀째 만다이의 동물원과 나이트 사파리다. 사흘째 센토사 섬은, 그 섬에서 나가지 않는 한 각자 멋대로 행동해도 되겠지. 기념품을 사든, 어슬렁거리며 경치를 즐기든.”

“마루 조장 나이스! 우리 조는 느슨해서 좋아~.”

“그렇게 말하고 싶은 녀석을 중심으로 모았으니까.”

조장인 마루가 씨익 웃음을 짓고 조원들이 작게 박수를 쳤다. 나도 그러는 편이 마음 편하니까 실제로 참 좋다. 주변에 맞추어 스케줄을 빡빡하게 지키는 것은 그다지 특기가 아니다.

“그리고 뭔가 정해둘 거 없을까?”

“아아, 그렇지. 스마트폰의 설정은 여러 번 확인해라. 나중에 고액청구를 받으면 농담으로 못 넘겨. 물론 연락은 자주 하고. 집합 시간은 엄수다.”

“알았어.”

나도 포함하여 조원들이 수긍했다.

그리하여, 우리들의 조는 의논을 순식간에 마치고, 종업 차임이 울리자 청소 당번인 학생을 제외하고 무죄방면을 받았다. 나는 얼른 가방을 집어 승강구로 서둘렀다.

알바도 일단 쉬는 날이지만, 잊어버린 물건이 있으면 무서우니까 얼른 돌아가서 짐을 체크해두고 싶었다.

복도로 나섰다.

아무도 없었다.

아직 교실에서 나온 학생들이 아무도 없었다.

그렇지만, 2학년의 반이 모여 있는 이 복도는 상당히 떠들썩함이 가득했다.

목소리가 복도까지 넘치고 있다. 다들 아직 내일부터 시작되는 수학여행에 대해 이야기를 하고 있는 걸 깨달았다. 들뜬 분위기를 학년 전체에서 느꼈다. 지금부터 이렇게 들떠 있으면, 내일부터 시작되는 수학여행 전에 지치지 않을까?

귀가해서, 여행용으로 산 트렁크에 넣어둔 짐을 한 번 전부 꺼내 다시 넣는 작업을 시작했다.

학년 단위로 나눠준 수학여행의 소지품 체크 리스트에, 우리 조에서 만든 리스트를 더한 것을, 마루가 클라우드에 올려서 공유하고 있었다.

휴대전화를 한 손에 들고 짐을 하나씩 다시 넣을 때마다, 공유 폴더에 있는 스프레드시트의 자기 항목에 꾹꾹 체크를 넣는다.

꼼꼼한 마루의 성격을 반영해서, 체크 리스트는 중요도의 표식도 붙어 있었다.

현금과 여권과 휴대전화란에는 가장 중요 마크가 붙어 있었다.

관광 목적의 경우, 싱가포르는 비자가 필요 없다. 여권만 있으면 충분하다.

다만, 여권은 유효기간이 되기 직전이면 아웃이다. 기간이 반년 이상 남아 있어야 한다. 그것도 체크해두라고 담임이 말했었지. 그때 고개를 끄덕인 학생도 상당히 많았으니, 그런 녀석들은 해외여행 경험이 있는 거다.

뜻밖에 많았다. 나는 해외가 처음이고, 비행기도 처음이라, 추락하면 어쩌나 하는 괜한 불안을 품고 있는데. 어쩐지 나만 주변과 비교해서 인생경험이 얕은 것 같아 묘하게 조바심이 난다.

또 비관적인 마음에 잠길 것 같은 나는 마루의 말을 떠올렸다.

『비행기에서 내린 뒤의 즐거운 일이라도 열심히 상상해라.』

휴대전화로 검색하여 싱가포르의 정보를 뒤졌다. 내일의 이미지 트레이닝이다. 준비는 다 마쳤으니까 다음은 이런 일이라도 해서 마음을 진정시키는 수밖에 없다.

그대로 전자서적을 읽기 시작해 버려서, 아야세 양의 목소리가 이름을 불렀을 때 퍼뜩 고개를 들었다. 휴대전화의 시각을 확인하자 벌써 저녁 식사 시간이었다.

문 너머로 대답하고 나는 방을 나섰다.

부엌에 들어가 테이블을 보자, 아야세 양이 식사 준비를 마쳐 놓았다.

"미안. 책 읽느라 깨닫질 못했어."

서둘러서 자리에 앉자, 따뜻한 밥을 담은 그릇이 눈앞에 놓였다.

『Let's eat!』

아야세 양이 장난스런 미소를 지으며 말했다.

당황은 했지만, 간단한 단어의 영어라서 알아들었다. 렛츠 잇. 이라고 했지.

"……그러니까."

조심조심 물었다.

"잘 먹겠습니다?"

또 다시 아야세 양이 미소를 지었다.

아무래도 올바른 번역이었던 모양이다. 분명히 영어는 일본어의 「잘 먹겠습니다」, 「잘 먹었습니다」에 딱 대응되는 말이 없다, 라고 들은 적이 있다. 『Let's eat!』은 『자, 이제 먹자!』 같은 뉘앙스였지.

아야세 양이 미소를 지은 다음, 일본어로 말하기 시작했다.

"지난 1개월 정도 집중적으로 히어링이랑 토킹을 했거

든. 조금 시험해보고 싶어서.”

“어어어……?”

“이 시간만, 전부 영어로 대화해볼래?”

아아, 그런 거구나.

“할 수 있을까?”

『Let’s try!』

으음~. 하지만 뭐, 창피를 당해도 여기에는 아야세 양밖에 없으니까. 뭐 괜찮겠지.

“아, 알았어. 가 아니라, OK.”

내가 고개를 끄덕이자, 아야세 양이 씨익 미소를 짓고서, 갑자기 영어로 전환했다.

수학여행 준비는 다 됐어?
『Are you ready for you school trip?』

한순간 머뭇거렸지만, 머릿속으로 하나씩 단어를 정리해서 어떻게 의미를 알아들었다.

이쪽도 단어를 끄집어내 말했다.

물론. 준비는 다 했지.
『Of course, I am ready.』

아사무라 군네 조는 자유행동 때 어디 갈 거야?
『Where are you going in free—activity time with your friends?』

그게……. 우리는 이틀째는 만다이에 있는 싱가포르 동물원. 사흘째에는 센토사 섬에 갈 예정이야.
『Ah……, we are going to Singapore Zoo in Mandai on the second day and Sentosa Island on the third day.』

어떻게든 대답하긴 했는데.

간단한 단어밖에 안 나오고, 영단어를 나열하기만 해도

되나 불안해진다. 아야세 양이 천천히 말을 해주니까 알아들을 수는 있지만, 말할 때, 그녀와 비교해서 나는 꽤 더듬거린다.

말하면서 깨달았는데, 현지의 지명을 나는 카타카나로밖에 기억 못했다.

실제 발음은 어떻게 되는 거지?

싱가포르에서 「만다이」나 「센토사」라고 발음하면, 알아듣는 걸까? 예를 들어 택시를 타고 행선지를 말해야 할 때라거나.

아야세 양은 그 뒤로도 몇 가지 수학여행에 관한 질문을 하고서, 눈앞의 식탁에 대한 화제로 전환했다. 나는 머리를 필사적으로 굴려, 알아들은 영어를 머릿속에서 일본어로 번역하고, 영단어를 나열해 거기에 대답하는 것을 반복했다.

저녁식사는 어때?
『Is dinner good?』

맛있어. 특히 이 전갱이 히라키가 일품이네!
『So good! Especially this…… uh…… AJI—OPEN is excellent!』

풋, 하고 아야세 양이 웃음을 흘렸다.

"웃어서 미안해. 하지만 전갱이 히라키를 『AJI—OPEN』이라고 하니까!"

"하지만 영어로 전갱이를 뭐라고 하는지 모르니까."

"전갱이는 horse mackerel."

아야세 양이 깔끔한 발음으로 말했다.

"호스 매커렐? 호스라면 『말』이란 의미의 그거? H, O, R, S, E?"

"그래, 그 스펠링. Mackerel은, 고등어야. horse mackerel이 전갱이."

"헷갈리네."

"한자로 보면 고등어(鯖)와 전갱이(鯵)도 외국인이 보면 헷갈릴 거야. 우리는 한자가 더 익숙한 것뿐이지."

"그것도 그렇네. 혹시 말 같은 고등어라고 하면, 영어권에서는 전갱이가 떠오르는 걸까?"

음, 말 같은 고등어는 대체 뭔가 싶은데.

"그건 여러 가지 설이 있나 봐. 내가 조사한 범위에서는, horse가 앞에 붙으면 「~같은」의 의미가 된다는 설이나, 어원은 네덜란드어라는 설 등등. 어느 게 진짜인지 나는 모르겠어."

"말의 고등어란 의미다, 라고 단정할 수가 없구나."

말이란 건 참 귀찮아.

재미있기도 하지만."

"그래서, 전갱이 히라키[#2]는, horse mackerel, cut open and dried."

#2 히라키 일본의 건어물. 생선의 배를 갈라 내장을 제거하고 활짝 펼쳐서 말린 것. 그래서 「열어둔 것」, 「펼쳐둔 것」의 뜻을 가진 「히라키」라고 부른다. 본래는 바짝 말린 것이 많았지만 오늘날에는 반건조하는 경우가 많다.

"컷 오픈? 잘라서 열었단 거구나. 그러니까 배를 갈라 펼쳐서 말린 전갱이란 느낌?"

"그래, 맞아."

"용케 알고 있네."

"사실은, 아까 된장국 데우면서 조사했어."

어린애처럼 미소를 지으면서 아야세 양이 알려주었다.

"어떻든지 요리 관련 영어는 쭉 익혀두고 싶다고 생각하니까. 식재료나, 자주 사는 것은 의식해서 그때마다 조사해볼까 해. 만약 외국에서 요리를 하게 되면 편리하잖아?"

그래도 보통 어원까지 조사하진 않을 거라고 생각하는데. 이건 성실해서 그런 건지, 파고드는 버릇이 있는 건지.

"혹시 유학 생각이 있는 거야?"

"필요하다면 할지도 모르지. 지금은 생각 안 해."

완전히 일본어로 돌아와 버려서, 그대로 단란한 시간이 이어졌다.

역시 대화는 일본어가 편해.

"아야세 양, 영어 발음이 꽤 좋네."

"그래?"

"나는 전형적인 일본인 영어라고 생각하니까 현지에서 안 통할 것 같아."

그리고 아야세 양이 대답의 템포가 빠르다.

여행이 또 불안해지네.

그렇게 말하자, 아야세 양이 생각에 잠긴 끝에 말했다.

"대답이라……. 나는, 가능한 영어를 들었을 때 영어 그대로 생각하려고 하니까, 그런 걸까? 하지만 그렇게 비관하지 않아도 괜찮지 않다고 생각해."

"그럴까?"

"영어는 여러 나라의 사람이 쓰니까, 여러 억양이 있는 게 당연하다고 생각하는 사람이 많다고 들었어. 걱정하는 만큼 신경 안 쓸지도 몰라."

아야세 양이 그렇게 말하더니 내일부터 싱가포르에서 말이 잘 통하면 좋겠다, 라고 대화를 정리했다.

식후의 차를 마셨다.

내 발음이 어설픈 것은 신경 쓰이지만, 그건 일단 제쳐두기로 했다.

마루도 그런 말을 했었으니까. 내일부터 어떤 즐거움이 있을까를 상상하자.

뒷정리를 하고 있는데 아버지가 돌아왔다. 아버지가 목욕 아침에 할 거니까 얼른 목욕하고 자도 된다고 하기에, 우리는 고개를 끄덕였다.

이튿날 4시에 일어나야 하니까 목욕도 길게 못한다.

얼른 나와서, 물을 다시 담고 옷을 갈아입었다. 목욕탕이 빈 것을 아야세 양 방을 노크해서 알렸다.

대답을 확인하고 내 방으로 돌아오려다가 깨달았다.

그러고 보니 아버지랑 내가 쓰고 있는 린스가 이제 슬슬 떨어질 것 같았다.

알고 있었다면 여행용 트래블 세트를 사러 갔을 때, 덤으로 사왔을 텐데.

식사를 마친 아버지는 얼른 침실로 직행해서 잠들었고, 아키코 씨는 이미 일을 하러 나갔다.

그리고 내일 아침에 전할 여유는 아마도 없다.

메모를 남겨둘까…….

메모지에 용건을 적어 다이닝 테이블의 눈에 띄는 곳에 붙여뒀다.

그리고 내 방으로 돌아가, 여행지의 지명 실제 발음을 조사한다. 이런 쓸데없는 마지막 발악을 해봤지만, 중간부터 전자서적을 읽는 나쁜 버릇이 고개를 내밀었다. 어영부영하는 사이에 21시가 넘어갔다.

내일 짐을 한 번만 더 점검하고, 여권도 잘 챙긴 것을 확인했다.

좋아, 자야지— 그렇게 생각한 타이밍에 방의 문을 노크하는 소리가 들렸다.

"깨 있어?"

속삭이는 아야세 양의 목소리.

이런 시간에 뭘까? 당황하면서도 문을 열었다.

"잠깐, 내 방에 와줄래?"

"방에?"

고개를 끄덕여, 나는 무심코 문 밖으로 고개를 내밀어 주위를 살폈다.

"얼른."

살짝 손을 잡혀서 방을 나섰다.

부모님의 침실 문은 닫힌 상태고 희미한 취침등만 켜진 거실은 조용하다.

문 너머의 거실의 더욱 너머.

아버지는 지금쯤 푹 자고 있을 것이다. 방 하나와 문 2개. 그만큼 떨어져 있으면 큰 소리라도 내지 않는 한 들리지는 않을 거라고 생각한다. 그렇게 생각하지만, 부모님이 있는 곳에서 우리 둘은 특별히 사이가 좋은 남매로 있자. 그렇게 정했다.

아니, 눈앞에서는, 이었지.

그러면 들키지만 않으면 되나?

―사귀고 있는 커플은 남들 앞에서 꽁냥대는 법이라는 심층심리가 엿보이는데?

그렇다. 서로의 마음을 확인한 두 사람이면서도, 지나치게 아무것도 안 한다. 나도 그런 생각을 하고는 있었다.

의붓 여동생의 방으로 들어갔다.

불이 켜진 그녀의 방은 전과 다름없이 깔끔하게 정리되

어 있었다. 들어가자마자 바로 왼쪽 벽에는 내일 여행에 가져갈 것으로 보이는 트렁크 케이스가 있었다.

내가 방으로 들어간 참에, 아야세 양이 잠금장치를 옆으로 돌려 문을 단단히 잠갔다.

어라? 라고 생각하는 사이에, 그대로 문 옆에 달려 있는 조명 스위치에 그녀의 팔이 뻗고 있었다.

달칵. 작은 소리와 함께, 실링글라이드는 새까만 어둠 직전의 형광발광만 남게 되었다.

몸의 윤곽만 어렴풋이 보이는 상태에서, 나는 문을 등진 채 긴장했다.

숨소리가 들릴 정도의 거리였다.

"아사무라 군."

"네."

어쩐지 아야세 양이 하려는 말이 짐작이 된다.

떠올려보면 새해 참배 때 이후로, 나랑 아야세 양은 제대로 손도 못 잡았다.

그래도 나랑 아야세 양은 집으로 돌아오면 만날 수 있었고, 오늘 밤처럼 단둘이 식탁에 앉는 기회도 많았다.

그렇지만, 반이 다른 우리는 수학여행에서는 같은 조가 되는 일도 없다. 내일부터 나흘이나 얼굴을 보는 일이 없을, 지도 모른다.

"내일부터 나흘 동안, 거의 못 만날지도 모르잖아. 그래서…… 저기.”

말이, 망설이면서도 아야세 양의 입술에서 흘러 떨어졌다.

“잠깐. 먼저 지금 내 기분을 말해도 돼?”

“그러면 나도.”

“어어, 그럼 같이 말하자.”

“응.”

둘이서 작게 소리를 흘렸다.

“키스하고 싶어.”

“키스하고, 싶어요.”

목소리가 모이고, 우리는 동시에 키득 웃음을 지었다.

이런 건, 내일부터 못하니까. 그렇네. 속삭이면서 서로의 얼굴이 다가온다. 목욕을 마친 아야세 양의 몸에서 비누 향이 살며시 풍겨와 내 코를 자극했다.

어슴푸레함 속에서 아야세 양의 손가락 끝이 내 가슴팍에 닿았다.

아야세 양의 머리칼에서 나는 향이 몇 센티 떨어진 거리까지 다가왔다.

나는 무의식적으로 양손을 그녀의 어깨에 올렸다.

그 행위는 그녀의 존재를 확인하기 위한 것이기도 하며, 그 이상으로 몸이 닿는 것을 겁내는 것 같기도 해서…….

아야세 양의 손도 내 어깨에 놓였다.

어슴푸레한 얼굴의 윤곽만 의지해서 그녀의 입술을 바

랐다.

어깨에 올린 손에 살짝 힘이 들어가고, 손가락 끝이 살짝 눌렀다. 그것을 신호로 우리는 서로의 입술을 떼었다. 아야세 양이 흘린 숨결에 내 뇌가 마비된 것처럼 얼어붙었다. 어깨에 올렸던 내 손에서 그녀의 몸이 떨어진다. 제정신으로 돌아왔다.

“잘 자.”

“잘 자…… 아야세 양.”

잠들지 못하는 게 아닐까 걱정하면서, 내 방으로 돌아온 나는 침상 안에서 눈을 감았다.

●2월 16일 (화요일) 아야세 사키

수업종이 울리기 10분 전에는 내 의자에 앉아 있었다.

수업 시작 전의 내 루틴이었다. 아무 일 없으면 그대로 교과서를 펼치고, 노트를 펼치고 교사가 올 때까지 마음을 진정시키며 기다린다. 중학교 때부터 계속해온 일이었다.

그런데 고교 2학년이 되고서, 그 「아무 일 없으면」은, 없다.

"사키이이~."

마아야가 이렇게 찾아온다.

봄 무렵에는 이 정도는 아니었다고 생각하는데, 여름을 넘어 가을을 지날 때까지 질리지도 않나보다. 요즘에는 완전히 사양하는 태도 하나 없이 찾아오고 있다. 어째서일까? 어째서지?

하아.

"수업이 시작될 텐데?"

"무슨 말이야?"

"어?"

"아직 예비종도 안 울렸어."

아니 이제 5분 지나면 울릴 거고, 5분 전이면 준비를 해야 하는 거 아닐까?

"무슨 말이야. 우리는 내일부터 수학여행이거든!"

어, 내가 이상한 거야?

"고교 시절에 단 한 번밖에 없는 여행이거든?"

"그렇지."

"기대가 돼서 어쩔 수가 없잖아. 가만있을 수 없는 법이란 거지. 들떠서 춤을 춰도 이상할 거 없는걸!"

"그건 이상하다고 생각해."

"안 그래! 자, 사키는 좀 더 보라고! 세계가 얼마나 넓은지!"

말하면서 마아야가 오른 팔을 빙글 돌렸다. 나는 마아야가 훌훌 흔드는 손에 맞추어 고개를 돌렸다.

교실 여기저기서 학생들이 둘러앉아 대화하고 있다. 수업이 시작될 시간인데……. 엄청 들떠 있는 남녀 6명의 모임도 있었다. 중심에 있는 건 신쇼 군일까? 시선이 마주쳤을 때, 이쪽을 향해 손을 흔들었다.

그 모습에 산책을 조르는 강아지가 떠오르는 건 어째서일까?

"신쇼 군. 조장이라 그런지 기합이 들어갔네."

"아, 그렇구나. 마아야는 용케 다른 조까지 기억하고 있네?"

"나는 우리 반의 조를 전부 기억하고 있어."

그건 굉장하네.

친구도 얼마 없으니까, 조를 나눌 때도 어떻게 해야 할지 몰라서 마아야가 불러줄 때까지 멍하니 있던 나랑 딴판이다.

분명히 기대가 되긴 하지만, 그렇게 기뻐할 일일까?

그렇게 말하자, 마아야가 엄청 거창한 한숨을 흘렸다.

"하아아아아아."

"어, 그 정도야?"

"사키, 알고 있어? 다 함께 이국으로 여행을 가거든? 비일상이란 말야. 평소에 못하는 동급생들과의 공동생활! 특별한 환경에서 새로운 사랑이 싹틀지도 몰라……!"

"거창해."

"그렇지 않아! 정의의 아군에게 양심회로가 있는 것처럼, 17세의 여고생에겐 소녀회로가 표준으로 장비되어 있는 거야! 이국에서 싹트는…… 사랑! 그리고 이별!"

"이별하는 거야?"

"스치는 사랑은 그런 법이야. 『로마의 휴일』이라는 거 알아?"

"그야, 뭐."

줄거리는 안다. 명작은 한 차례 공부를 했으니까.

그리고 싹트는 사랑이라고 해도…… 여행 하나로 그런 게 태어나고 사라지거나 하는 법일까 생각한다. 나랑 아사무라 군은 8개월이나 같은 집에서 살면서, 어쩐지 신경 쓰여서 서로의 마음을 고백하기까지 5개월. 그리고 더욱이 3개월 지나도, 딱히 아무런 변화가 없는 상황인데.

그러긴커녕, 오히려 나랑 아사무라 군의 경우, 수학여행 기간 동안 평소보다 거리가 멀어지는 게 아닐까?

지금보다 더욱이 거리가 멀어진다. 나흘이나 못 만날지도 몰라.

새삼 그걸 깨달아 버려서, 꾸물거리는 뭔가가 마음속에 응어리진 것을 자각했다. 내가 못 보는 곳에서 같은 조의 반 친구들이랑 즐겁게 지낼 거라고 생각할 때마다…… 이렇게, 꾸물꾸물한다.

음. 이 마음은 좋지 않아. 좋지 않은 거야.

머리를 전환하자.

수학여행에는 수학여행다운, 더욱 순수한 재미가 있을 거야. 본래의 목적인 수학이란— 학문을 갈고 닦는 것.

그렇다. 수학여행은 더욱 아카데믹한 것이어야 해.

번뇌는 퇴치해야 하는 법. 소녀회로는 스위치 오프. 학생의 본분인 학업에 대한 모티베이션을 유지하면, 꾸물꾸물하는 일도 없을 거야. 없다면, 없는 거야.

"사키이, 『아가씨, 차라도 한 잔 같이 하시겠어요?』를 영어로 뭐라고 해?"

어? 그게 뭐야?

나는 머릿속으로 영어 회화 모드를 기동해봤다. 그러니까.

"……『Young lady, why don't you drink tea with me?』일까?"

"흐흐흠~."

"누구를 부를 셈인데?"

"딱히 아무도 안 불러. 하지만, 그 말을 들었을 때를 위해 기억해두는 게 좋을까~ 싶어서. 그리고『죄송합니다, 만날 약속을 한 상대가 있어요.』라고 거절하는 거야. 꺄~!"

뭐가 꺄~ 인 거지? 뭐가.

마아야의 망상은 담당 교사가 문을 열고 출석부를 교탁에 통통 두드릴 때까지 이어졌다.

최근에는, 이게 매일 아침 우리의 루틴이다.

방과 후가 되었다.

알바가 없으니까 나는 이대로 집에 돌아가기만 하면—.

"으응……."

교문을 나온 참에 구름이 펼쳐진 하얀 겨울의 하늘을 올려다보았다.

햇빛이 충분히 남아 있고, 저녁놀은 아직 멀었다. 2월도 이제 중반. 이제부터 점점 낮 시간이 길어진다. 동지 무렵은 그렇게 우울하고 길다고 생각했던 밤 시간은 조금씩 깎여나간다.

매화가 피고 벚꽃이 피고, 그렇게 우리는 고교 3학년—수험생이 된다.

내일부터 시작되는 수학여행이 끝나면, 봄부터 한층 더

공부에 전념해야 하게 될 거야. 올해는 여름에 풀장 같은 건 못 갈지도 모른다.

영화나.

윈도우 쇼핑이나.

공부에 쫓겨서 못하게 되는 걸까?

"그야 수험생이니까."

무심코 말이 되어 흘러나왔다.

그리고 그런 생각을 한 자신을 깨닫고, 나는 제치고 있던 목을 되돌리고 한숨을 쉬었다.

누군가와 놀러 가고 싶다. 전에는 그런 생각을 하는 내가 아니었다고 생각하는데, 마아야의 영향일까? 아니면—.

한 번 커다랗게 고개를 흔들었다.

어쩐지 기분이 가라앉는다. 내일부터 해외여행을 간다는 기분이 되질 않는다.

나는 통학로가 되어 있는 길을 바라보며, 통행인에게 거슬리지 않도록 길의 구석으로 물러났다.

가방에서 휴대전화를 꺼냈다. 지도 앱을 켜 현재 위치를 표시했다.

어디 보자…….

내일부터 해외…… 해외다.

검색창에 『대사관』을 쳤다.

갖가지 나라의 주일 대사관 위치가 지도 앱에 표시됐다.

"아, 근처에 있네."

현재 위치에서 그럭저럭 가까운 거리에 표시되어 있는 것이 『주일 덴마크 대사관』.

클릭해서 경로를 확인했다. 시부야 역에 가까운 학교에서 출발하면, 하치만 길을 경유해서 도보로 십수 분. 거리는 1킬로미터쯤이라고 표시된다. 걸어갈 수 없는 거리도 아니고, 방향은 자택인 맨션에서 그렇게 멀지 않다.

뭐, 기분전환은 되려나?

대사관에 가서 해외여행 기분을 좀 더 쌓아보자, 라고 생각하는 건 아니지만.

굳이 따지자면 예습?

예습으로 간다면 『싱가포르 대사관』 아닐까? 라고 마아야가 있었다면 딴죽을 걸었겠지만, 그쪽은 여기서 1시간 이상 걸어가야 한다. 아무래도 가볍게 산책하러 갈 수 있는 거리가 아니다.

그러니까 행선지는 『주일 덴마크 대사관』이다.

자택인 아사무라 가족의 맨션으로 가는 길을 벗어나, 나는 일단 남쪽에 있는 하치만 길을 목표로 걸었다.

수도고속도로 시부야선을 넘어서 더욱 나아간다.

시부야 근변에 오래 살고 있지만 모든 길에 정통한 게 아니니까, 짬짬이 멈춰서 지도 앱을 체크했다.

하치만 길에 도착해서 더욱 남쪽으로. 폭이 넓은 구 야

마테 길과 합류할 때까지 걷는다.

거기서 조금 시부야 쪽으로 돌아가면 목표인 대사관이 있다.

벽돌색의 건물이다.

창문의 수로 보면 3층 건물로 보인다. 길과 접한 쪽은 살짝 굽어 있고, 파고드는 것처럼 차가 출입하는 공간이 있다.

『덴마크 대사관』.

일본어로 적힌 로고 위에『ROYAL DANESH EMBASSY』의 문자. 모르는 단어를 발견하면 그 자리에서 휴대전화로 조사한다. 흠. 직역하면 덴마크 왕국 대사관, 이네.

그렇구나. 덴마크는 왕국이었지.

로고 위에 문장이 있었다.

세로로 길쭉한 빨간 타원 안에 왕관과 방패. 왕관! 정말로 왕국이구나, 그런 것에 감탄을 했다.

세상은 넓고 다양하다.

근처에서 가볍게 해외 기분을 맛보게 되었지만, 생각해보면 어쩐지 길 가는 사람들이 힐끔거리며 날 보는 것 같다. 분명히 용건도 없는데 대사관 건물을 빤히 보고 있기만 하는 건 수상한 행동일지도 몰라.

대사관을 올려다보는 건 그만두고 주변을 돌아보았다.

길 반대편을 보자, 카페가 병설된 전국 체인의 본점이 보였다. 벤치도 있다. 조금 휴식하고 돌아가야지. 그런 생각을 하면서 횡단보도를 찾아 길을 돌아갔다.

대사관 근처라서 그런지, 오가는 사람들 사이에 외국인의 모습이 많이 보였다. 일본인과 외국인의 조합으로 걷고 있는 남녀도 평소보다 눈에 띄는 것 같아.

시부야의 번화가를 걷고 있으면 때때로 보이는 광경이지만, 조금 그 빈도가 높지 않을까? 말도 풍습도 다른 상대랑 사귀는 건 어떤 느낌일까? 그런 생각을 했다. 아니 하지만 칸토 지방이랑 칸사이 지방도 말도 풍습이 다르네, 라고도 생각했다. 왕래가 많아지면 자연스럽게 발생하는 일일지도 몰라.

애당초 사람은 모두 다르다. 많은 공통점을 가진 나랑 아사무라 군도, 수많은 차이가 있다. 계란프라이 먹는 법 같은 거.

『Excuse me.』

그 목소리가 들려서, 아아, 영어다, 라고 일단 인식했다. 바로 근처에서 반복되자 어쩌면 나한테 한 말일지도 모른다는 걸 깨달았다.

돌아보자, 타이치 새아버지랑 비슷한 나이의 키가 큰 금발의 남성이 있었다.

옅은 갈색의 선글라스를 쓰고 있었다.

마주보자, 거듭해서 영어로 뭔가를 물어봤다.

조금 말이 빨라 당황했지만, 내가 눈썹을 찌푸리며 생각에 잠긴 걸 깨달았을까? 조금 천천히 말해주었다. 그의 영어를 머릿속에서 즉시 번역해봤다.

『대사관에 가고 싶은데요.』

지금 막 조사해본 『EMBASSY』란 단어가 들려서 감이 딱 왔다. 이 근처에 대사관은 하나밖에 없어.

『덴마크 대사관인가요?』

『아아! 네, 그래요. 알고 있나요?』

『안내할게요.』

말하면서, 한 번 더 방금 전에 찾아갔던 장소로 걸었다.

대사관 앞까지 안내하자, 여러 번 감사의 말을 했다. 그렇게까지 거창하게 인사를 받을 일은 아닌데. 그보다도 길을 걸으며 말한 내 영어가 제대로 전달된 건지 불안했다.

『일본인의 영어 발음이라 알아듣기 어려웠다면 미안해요.』

헤어지기 전에 미안하다고 말하자, 놀란 표정을 지었다.

『어? 전혀 그렇지 않아요.』

『그런가요?』

『아주 꼼꼼하게 말을 해줘서 알아듣기 쉬웠어요. 그리고 영어는 아주 많은 나라에서 쓰이는 말이니까요. 같은 영어라도 여러 억양이 있어서 익숙해지면 괜찮아요.』

일본인 같은 카타카나 발음 영어도 그런 억양 중 하나에 지나지 않으니까, 사과할 일이 아니라며 커버까지 해주니까 금발 남성은 신사였다.

신사와 헤어지고 집으로 돌아가는 길을 걸으며 생각했다. 막상 교류를 해보지 않으면 알 수 없는 일이 많구나.

경험은 가장 좋은 선생님이라, 참 좋은 말이다.

새로운 땅으로 여행하는 경험 자체가 배움이 되니까 수학여행인 걸지도 몰라.

어쩐지 내일부터의 여행이 기대되기 시작했어.

맨션으로 돌아오자, 아사무라 군은 이미 귀가해서 내일 준비를 하는 것 같았다.

나도 여행 준비를 해야지. 그렇지만, 어제 대부분 마쳤으니까 한 번 점검하기만 하면 된다. 끝나면 저녁을 먹어야지.

딸과 아들(나랑 아사무라 군이다)이 처음으로 해외여행을 하니까, 오늘 저녁도 내일 아침도 엄마가 만들어주게 되어 있었다.

짐을 확인하고, 나는 아사무라 군에게 문 너머로 저녁 먹자고 말을 걸었다.

지금 간다는 대답이 돌아왔다.

아사무라 군이 방에서 나오기 전에 엄마가 만들어둔 저녁을 식탁에 차렸다.

밥솥에서 밥을 담아, 나는 아사무라 군 앞에 두었다.

그리고 문득 생각난 걸 시험해 봤다.

『Let's eat!』

내가 말하자, 아사무라 군이 눈을 깜박이면서 당황했다.

"그게…… 잘 먹겠습니다."

제대로 통해서 다행이야.

나는 귀가 도중에 그 신사와 영어 회화가 성립한 것에 조금 들떠 있었던 모양이야.

"지난 1개월 정도 집중적으로 히어링이랑 토킹을 했거든. 조금 시험해보고 싶어서."

그렇게 말하고, 저녁을 먹는 이 시간에만 대화를 영어로 해보자고 제안해봤다.

아사무라 군도 수긍해줘서, 그때부터 영어로 전환했다.

다만, 갑자기 그렇게 말을 했지만 나도 영어로 술술 대화할 수 있는 게 아니다. 발음도 역시 자신이 없고. 그러니까 화제는 수학여행으로 좁혀봤다.

어디 갈 거야? 뭐 할 예정이야? 기대되는 거 있어?

돌아오는 대답을 듣고, 무심코 나는 내일부터 아사무라 군의 조별 행동을 자세히 알게 되어 버렸다. 게다가 몇 군데의 장소는 우리들 조도 찾아갈 예정이라서, 뜻밖에 비슷한 경로로 행동을 하고 있다.

문득, 함께 돌아보면 즐거울 거라는 생각이 머리에 스쳤다.

조금 심심할지도 몰라.

왜냐하면 내일부터 얼마간, 아사무라 군이랑 이렇게 식

탁에 둘러앉는 일이 없으니까. 그렇잖아도, 알바 시간이 겹치지 않게 됐는데.

집합 장소인 나리타까지는 둘이서 가기로 했지만, 공항에 도착하면 헤어져야 한다. 다른 반의 다른 조니까.

나흘이나 못 만나게 되고 만다.

나는 화제를 수학여행에서 오늘 저녁 메뉴로 전환했다.

그랬더니 아사무라 군이, 모르는 말을 억지로 영어로 말해서…… 웃어 버렸다.

그리고 평범하게 일본어로 돌아왔다.

내가 너무 웃은 걸까? 아사무라 군은 자신의 일본인 발음이 신경 쓰인다고 털어놨다. 내심 앗 하고 생각했다. 그야말로 오늘 그 신사랑 이야기할 때 내가 신경 쓰던 거니까.

아사무라 군이랑 나는 같은 것을 마찬가지로 걱정한 거구나.

그래서 나는 아까 배운 것을, 그야말로 오늘 돌아오는 길에 듣고서 마음이 편해졌던 이야기를 아사무라 군에게 그대로 해봤다.

영어권 사람들은, 다언어 억양의 영어에 익숙하니까 괜찮대, 라고.

물론 일본어도 방언이 강하면 알아들을 수 없는 경우가 있다. 그 신사도 『꼼꼼하게 말을 해줘서 알아들었다』라고 했었고, 그러니까 중요한 건 꼼꼼하게 말하는 거겠지. 아사무라 군이라면 그런 건 괜찮을 거야.

내일부터 여행지에서도, 지금이랑 마찬가지로 마음 편하게 이야기를 하면 되지 않을까? 격려해봤다.

나도 그렇게 해볼 거니까.

뒷정리는 둘이서 마쳤다.

방으로 돌아가려는 참에, 타이치 새아버지가 돌아왔다.

"밥, 데울까요?"

"내일부터 수학여행 아니니? 준비하고 얼른 자야 할 테니까, 신경 쓰지 마."

그렇게 말하면서 웃었다.

"그게…… 저기, 감사합니다. 그렇게 할게요."

"응. 그보다 둘 다 내일은 정말로 4시에 깨우면 되는 거지?"

나도 아사무라 군도 동시에 고개를 끄덕였다.

물론 우리들이 스스로 일어날 셈이다. 그리고 엄마가 돌아오는 시간도 대강 그 시간쯤일 테니까, 아마 늦잠을 자는 일은 없을 거야.

하지만 타이치 새아버지는 우리들의 스케줄을 듣고, 깨워준다며 전부터 말을 해줬다. 만에 하나라도 늦으면 차로 역까지 바래다준다고도 했고.

타이치 새아버지는, 자기는 목욕을 아침에 한다면서 우리는 얼른 자라고 반복해서 말했다.

아사무라 군은 그대로 목욕을 하러 직행했다.

나는 방으로 돌아와 짐을 마지막으로 확인했다. 여권도 있다. 마아야가 일부러 만들어준 우리들 조의 『여행의 책자 동인판』도 들어있다.

……동인판이란 건 뭔데?

새삼 카피 용지를 접어 만든 책자의 타이틀을 보고 고개를 갸웃거렸다. 뭐, 됐어. 마아야니까 분명히 무슨 농담일 거야.

응, 괜찮아. 잊은 거 없어.

아사무라 군 다음으로 목욕을 했다.

이불을 덮고 침대에 누웠다. 눈을 감자, 눈꺼풀 안쪽에 아까 아사무라 군의 영어로 조금 장난을 치던 대화가 떠올랐다.

전갱이 히라키를 AJI—OPEN이라고 했어! 그건 웃을 수 밖에 없잖아.

키득. 불을 끈 방에서 웃음을 흘렸다.

사소한 대화, 평소와 같았다. 몇 안 되는 말의 왕복뿐이다. 그런데도 돌이켜보면 이렇게 가슴이 따스해지는 자신이 있다.

그리고 동시에, 내일부터는 얼마간 잘 만나지도 못한다는 사실을 떠올려 버린다.

최근에, 아사무라 군이랑 스킨십을 못했다는 걸 떠올렸

다. 스킨십이라는 것은 다시 말해서, 끌어안거나 키스를 하거나…….

나랑 아사무라 군이 함께 있을 때는 대개 집 안이니까, 다시 말해서 부모님이 있는 경우가 많다.

부모님 앞에서 특별하게 사이좋은 남매까지로 있자고 정했다.

그렇게 약속했을 때는 내 마음이 그 정도에 머물러 있었다고 할 수도 있다.

그러나— 이제부터 수학여행으로 3박 4일. 그와 만날 수 없다. 서로 닿을 기회를 찾는 건 어려울 거야.

수학여행의 조는 기본적으로 남자 셋에 여자 셋의 6인조.

아사무라 군은 같은 조에 여자애가 세 명 들어가 있고, 아마 함께 싱가포르를 돌아볼 거고, 나는 거기에 없다.

이불을 제치고 일어나서, 나는 실내복을 위에 단단히 걸쳤다. 방금 목욕을 했으니까 따뜻한 옷을 안 입고 있다가 감기 걸리는 게 무서워.

살며시 문에서 고개를 내밀고 기척을 살폈다.

아사무라 군의 방으로 가서, 작게 노크를 하고 그를 내 방으로 불러냈다.

문을 닫고, 불을 껐다.

서로의 의사를 확인한다. 키스하고 싶다. 둘 다 YES.

내가 먼저 말을 건 시점에서, 내 욕구 해소에 아사무라 군을 이용해 버리고 있는 게 아닐까? 그런 죄책감을 느꼈지만, 서로를 마주보았을 때는 이미 돌이킬 수가 없었다.

그의 양손이 내 양어깨에 올라왔다.

손바닥을 통해 느껴지는 아사무라 군의 온기가 안도감을 주었다. 나도 마찬가지로 그의 어깨에 손을 올렸다. 아사무라 군이 키가 더 크니까 얼굴이 다가가자 아주 약간 뒤꿈치가 들렸다.

마주 댄 입술을 통해 아사무라 군의 열을 느꼈다.

무심코 손가락 끝에 힘이 들어간다. 그 순간에 그의 얼굴이 멀어졌다.

입술에 남은 감촉이 흐릿하게 사라져 간다.

아쉬운 마음과 반대로 말이 흐른다.

"잘 자."

"잘 자…… 아야세 양."

아사무라 군은 자기 방으로 돌아갔다.

자신의 입술을 매만지면서, 나는 마음속의 꾸물거리는 마음이 완전히 사라지지 않은 것을 깨달았다. 아, 대체 어떻게 된 걸까.

3박 4일 동안, 따로 행동하는 걸 버틸 수 있을까……?

●2월 17일 (수요일) 수학여행 1일째 아사무라 유우타

꿈 너머에서 울리는 소리에 어두운 방 안에서 눈을 떴다.

세팅해둔 알람이 울리고 있었다. 급하게 소리를 멈추고, 방의 불을 켰다.

이불에서 뻗은 팔이 차갑다. 한겨울 오전 4시. 아직 일출까지 2시간 이상 남았다.

그러나 나리타 공항 집합 시간은 7시다.

집에서 5시에 나가야 안 늦는다.

하지만, 춥다.

여유가 있는 시각에 세팅을 했으니까, 느긋하게 준비해도 괜찮……아.

방의 문을 두드린다. 아버지가 「깼니?」라고 말하는 소리에 퍼뜩 정신이 들었다.

위험해라. 다시 잠들 뻔했어.

"깼어요!"

짤막하게 대답했다.

서둘러서 옷을 갈아입기 시작했다.

세안을 위해 세면장으로 뛰어들어갔을 때 아야세 양과 부딪힐 뻔했다.

그녀는 벌써 단단히 화장까지 마치고 있었다. 역시 대단해. 아침 인사만 나누고 옆을 지나쳤다.

세수랑 양치를 5분 정도 만에 마쳤다.

식탁에 앉은 것이 딱 4시 반. 아무래도 늦지 않겠다.

이제 막 돌아온 아키코 씨가, 일하는 옷을 입은 채 아침 식사 준비를 해주었다.

"엄마, 안 자도 괜찮아?"

아야세 양의 물음에 아키코 씨가 웃으며 대답했다.

"괜찮아. 너희들 배웅하고서 푹 잘 수 있잖아. 그보다, 사흘이나 못 만나니까, 배웅하고 싶어서 일찍 돌아왔어~."

그렇게 말하고, 테이블 위에 준비해둔 커다란 그릇을 우리들 앞으로 쓱 밀었다. 그릇에는 김을 두른 주먹밥이 10개쯤 담겨 있었다.

"자. 손으로 간단히 먹을 수 있게, 주먹밥으로 해뒀어. 반찬은 전부 안에 들어있지. 된장국은 지금 가져올게."

"감사합니다."

"고마워, 엄마."

나랑 아야세 양이 동시에 인사를 하고, 동시에 먹기 시작했다.

일찍 일어난 아버지가, 하품을 죽이면서 테이블 맞은편에 앉았다.

"안 늦을 것 같니?"

나랑 아야세 양이 고개를 끄덕끄덕 세로로 흔들었다.

주먹밥을 입에 넣고, 된장국을 마셨다.

우리는 시부야 역에서 5시 반에 출발하는 야마노테 선을 타는 게 목표였다.

아침 식사를 다 먹고, 한 번 더 짐을 확인하고, 다녀오겠다는 인사도 대충 하고서 집을 뛰쳐나갔다.

"서두르지 말고."

"조심해서 다녀와~."

아버지와 아키코 씨의 목소리를 등에 받으며, 엘리베이터를 탔다.

휴대전화를 꺼내 시각을 확인. 5시 정각. 이거라면 여유 있게 도착한다.

하강하는 엘리베이터 안에서 나랑 아야세 양이 후우 숨을 내쉬었다.

무거운 트렁크를 끌면서 시부야 역까지 걸어, 전차에 올라타서 서로의 얼굴을 보았다.

"안 늦을까?"

"괜찮, 을 것 같아."

아야세 양의 물음에 나는 휴대전화로 시간을 확인하면서 대답했다.

갈아타는 건 닛포리에서 한 번뿐이고, 시각표대로라면 6시 40분경에 나리타 공항의 제1빌딩 역에 도착할 거다. 집합 시간이 7시니까 충분히 안 늦을, 거야.

동이 트지도 않은 이 시간에는 전차도 휑하다.

레일에서 전달되는 진동에 몸이 흔들리면서 나와 아야세 양은 나란히 앉아 있었다.

평소처럼 시간을 나눠서 남처럼 행세하지 않는 것은, 첫 해외여행이라 그렇게까지 여유가 없는 것도 있지만, 이제 남매라는 것까지는 들켜버려도 상관없다고 우리가 생각하기 때문이겠지.

그 이상의 관계라는 것만 안 들키면 된다.

그런 식으로 변명을 하며 함께 행동하는 시점에서, 우리는 이때 이미 어떤 종류의 예감 같은 것을 느낀 걸지도 모른다.

공항역에 전차가 들어선다.

우리는 트렁크를 밀면서 집합장소로 서둘러 갔다. 긴 에스컬레이터를 갈아타고, 하얀 조명을 반사해 빛나는 바닥을 박차면서, 지정된 단체 대합실로 간다.

멀리, 익숙한 교복을 입은 집단이 보이는 참에 우리는 떨어졌다.

들켜도 상관없다고 생각하지만, 적극적으로 떠벌릴 생각도 없다.

아야세 양의 등이 멀어진다.

나는 조금 그 자리에 머물렀다가 천천히 뒤를 따라갔다.

스이세이 고교 2학년의 집단은 반별로 세로로 줄을 만들고 있었다. 그 줄 위쪽에 커다란 체격의 남학생이 한 명 보였다.

마루다. 다가오는 나를 발견한 마루가 이쪽이라며 한 손을 들어 흔들었다.

"안녕, 마루."

말을 걸면서 마루의 뒤에 섰다.

"오, 늦었구만."

"아직 충분히 시간 있다고 생각하는데."

대답하자, 단체 대합실 밖을 가리켰다.

"무슨 말을 하냐. 대체 몇 기의 이륙을 놓쳤다고 생각해?"

공항에 남자의 마음을 자극받은 마루가 들떠 있었다.

"이제 막 동이 텄잖아. 대체 뭘 보고 있었는데?"

"아사무라, 밤의 공항이란 미학을 모르다니. 지상에 밝혀진 유도등의 두 줄이 크리스마스의 장식처럼 이어지는 가운데, 달리면서 서서히 기수를 올리고, 날아오르는 비행기의 날개 끝 항법등과 꼬리의 미등이 자아내는 빛의 알갱이가 허공으로 작게 사라진다. 그런 아름다운 광경이 펼쳐지고 있단 말이다."

"시인이구나. 그런 걸 보고 있었다니."

"줄을 지키고 있었으니까 보진 못했다."

그게 뭐야.

"그런데 『에어포트 1975』라는 영화 아냐?"

"모르는데. 공항이 무대인 영화야?"

"조종사가 사고로 비행기를 조종하지 못하게 되어 추락할 뻔하는 영화다."

"관둬."

비행기 타기 전에 그런 이야기 좀 하지 마.

그 다음에 학년 주임 교사가 몇 번이나 반복해서 주의사항을 들려주고, 우리는 드디어 탑승하고자 움직였다. 최근에 꼼꼼해진 검역을 지나, 흐르듯 공항 안을 여기저기로 이끌려 다녔다. 체크를 받은 커다란 짐을 레인에 올리면 덜컹덜컹 실려간다. 이걸로 현지에서 수령할 때까지 작별이다.

로스트 패키지 — 분명히 실었을 화물을 수령 못한다. 다시 말해서 분실해버리는 걸 뜻한다 — 가 되지 않으면 좋겠는데.

아, 아무래도 나는 이번 여행에 상당히 신경질적인 모양이라고 새삼 자각해 버렸다. 뭐, 첫 해외여행이니까. 비행기도 타고.

체크인을 마친 참에 공항의 시계가 8시를 가리키고 있었다.

이륙 1시간 전이다.

수하물을 X선 검사장치에 통과시킨 우리들 자신도 금속탐지기를 지났다. 신발을 벗는 것이 수수하게 귀찮다. 이

거, 다시 신기 힘든 끈 부츠를 신은 채 해외로 가고 싶은 사람은 곤란하지 않을까? 왜 그런, 내가 평생 신지 않을 신발을 신는 사람까지 걱정하는 거냐고 하고 싶지만.

탑승 게이트를 목표로 스이세이 고교 2학년이 걷기 시작했다. 인원이 많으니까 걸음도 느릿하다.

그러나 확실하게 우리들은 비행기를 향해 나아간다. 이 교복 집단 어딘가에 아야세 양도 있을 테지만, 반이 다르니까 아무래도 발견할 수 없었다.

"역시 커다랗구만."

옆을 걷는 남학생— 이 수학여행에서 조별 행동을 함께하는 클래스메이트 중 한 명, 요시다의 목소리에 반사적으로 얼굴을 벽의 창문 쪽으로 돌렸다.

오늘 일출은 6시 반이다. 다시 말해서 90분이 경과했으니, 밖의 경치가 확실히 보이고 있었다.

커다란 창문 너머로 펼쳐지는 택시웨이.

하늘을 나는 비행기가 지상을 천천히 이동하는 모습에 위화감을 느껴버린다.

가까이 보이는 한 기는 생각하던 것과 형태는 같아도 스케일감이 달랐다. 분명히 요시다 말이 맞았다. 단순히 크다. 동체 아래쪽을 걷고 있는 작업원들이 마치 케이크에 몰려드는 개미처럼 보였다.

그 감상을 말했더니, 요시다가 흥미롭다는 기색으로 물

었다.

"케이크라니. 배라도 고파?"

"상상한 것뿐이야. 규모감이 그런 게 아닐까 싶어서."

"아사무라, 재미있는 표현을 하네."

"그런가? 나는 평범하게 말한 것 같은데."

같은 조가 되는 걸 안 뒤로 요시다와 대화하는 일이 늘어나 처음으로 깨달은 것이 있다.

아무래도 대화 속에 비유 표현을 쓰는 것이 그다지 일반적이진 않은 것 같다.

마루나 요미우리 선배 같은 친구라 부를 수 있는 거리에 있는 사람은 다들 나보다도 현학 취향이라, 극히 자연스럽게 비슷한 대화를 해왔다. 의붓 여동생이 된 아야세 양도 국어는 서툴렀지만, 굳이 따지자면 이론적인 사고를 하는 타입이고 말하는 방식이나 말하는 내용은 나랑 방향성이 비슷했다.

오히려 나로서는, 비유가 통하기 어려운 요시다가 훨씬 특이하다는 생각이 드는데…… 그건 분명 서로 생각하는 거겠지. 어쨌거나 평소에 거의 접하지 않는 상대와 대화하는 경험도 쌓아둘 생각이다. 해외에서 외국인과 이야기를 할지도 모른다는 걸 생각하면, 훨씬 난도가 낮다.

"짐은 위쪽에 두는다."

마루 말을 듣고 올려다보자, 좌석 위에 짐칸이 있다. 전차처럼 파이프 선반이 아니라, 문이 달린 사물함 같은 것이다. 꺼내는 게 귀찮은 타입이다. 이건 비행기가 흔들려서 떨어지지 않도록 하는 건가.

떨어질 정도로 흔들리는 걸까란 생각이 뇌리를 스쳤지만, 고개를 흔들어 사고를 전환했다.

날고 있을 때, 이 짐칸을 열 수 있는 걸까? 안될 것 같은데. 휴대전화나 멀미약처럼 필요할 것 같은 물건은 몸에 지니고 싶은데…… 아, 그런가. 바디 백이 있었지.

관광할 때 양손을 비울수록 편리하다고 가이드북에 적혀 있었다. 호텔에 도착해서 다시 넣을 셈이었는데.

마루가 어깨를 콕콕 찔렀다.

"야. 짐 넣어줄 테니까 이리 줘."

"미안, 마루. 잠깐만."

필요한 것들만 꺼내서 바디 백에 옮겼다. 이렇게 하면 비행 중에 짐칸을 열지 않아도 되겠지. 주위를 보자 비슷한 일을 하는 모습이 종종 보였다.

옮겨 담고서 백을 머리 위의 짐칸으로 올렸다.

자리에 앉아서 바디 백을 무릎 위에 올렸다.

하아. 숨을 내쉰 나는 좌석에 깊숙하게 등을 맡기고, 창밖을 보면서 귀를 기울였다.

같은 반 아이들의 술렁거림에 섞여서 끊임없이 들리는 작게 울리는 소리는 엔진 소리일까? 커다란 기체가 계속 떨리고 있는 것 같아. 철 덩어리를 이 정도로 흔들고 있다면, 그 힘이 참으로 큰 거겠지.

커다란 철덩어리 기체— 정말로 이게 하늘을 나는 건가?

새삼, 날아오르는 게 무섭다고 생각했다. 차라리 눈을 감고 자버릴까?

기내에 표시되어 있는 시각을 보았다. 아직 이륙시간까지 15분 이상 남았다. 그 정도면 수면부족인 지금이라면 자버릴지도 몰라.

바디 백에서 휴대전화를 꺼내며 그런 것을 옆자리의 마루에게 말했다.

"아깝잖아. 처음 보는 풍경이라면 봐두는 게 후회하지 않을 거다."

"보고서 후회하는 경우도 있지 않아?"

"처음이란 건 소중히 여기는 게 좋아. 애니메이션이나 소설도 그렇잖아?"

그건 그렇네.

결말이 마구 뒤집히는 서프라이즈가 있는 작품의 경우는 충격을 느끼는 게 처음 한 번뿐이니까.

"익숙해지면 비행기의 이륙 따위 다 거기서 거기가 되니까. 창밖의 경치도 나리타랑 하네다가 그렇게 다르지도 않아."

"그래?"

"그렇다고 생각한다."

애매하잖아, 라고 생각한다. 애당초 그렇게 대충 같다고 생각해서 관심이 흐려지는 것 자체가 「익숙함」의 정체라는 걸 깨달았다.

좀 위험할지도.

사실은 매번 조금씩 다를 것이다. 아침의 이륙은 아침대로, 밤의 착륙에는 밤 나름의 분위기가, 경치가, 체험이 있다. 오늘처럼 맑은 하늘 아래를 날아오르는 것과, 아슬아슬하게 악천후일 때 날아오르는 것도 다를 거다.

나 자신도 매일 바뀌며, 주변을 보는 시선 자체가 변화하는 거니까. 매번 다를 것이다.

그런데도 언젠가는 변화에 둔감해져서, 이것도 저것도 결국은 같은 게 아니냐고 말해버리는 거라면 「처음」은 분명히 소중히 여기는 게 좋겠다.

기내 안내방송이 흐르고, 드디어 이륙하게 됐다.

여러모로 변명을 쌓아 올린 끝에, 나는 마지못해 공포에 저항하여 창밖을 보았다.

날개보다 약간 뒤쪽에 위치한 자리니까 앞이 잘 안 보이지만, 어쨌거나 비행기의 창은 작으니까, 어지간히 고개를 들이밀지 않으면 보이는 경치는 변함이 없다.

움직이기 시작한 자동차를 타고 있는 것과 크게 다를 바 없었다.

압도적으로 시선이 높을 뿐이다.

멀리 있는 숲이나 건물을 보고 있으니 빠르기도 실감할 수가 없다. 비행기가 이륙할 때 속도는 시속 300킬로미터쯤 된다고 하니까, 다시 말해서 신칸센과 비슷할 정도로 빠르게 거대한 기체가 움직이는 건데, 그렇게까지 대단하지는…….

꾹. 등이 시트에 밀렸다.

오, 오오…… 가속했나? 라고 생각하며 창밖을 보자 명백하게 지면이 흐르는 속도가 달랐다.

빠르다. 빨라. 아스팔트의 지면이 녹아서 흐르며 후방으로 사라진다.

머리가 머리받침에 밀리는 감각과 동시에 시야 바깥이 기울어졌다.

기수가 올라간 거다.

창밖은 벌써 절반 이상이 파란 하늘이 되었다.

등이 꾸욱, 하고 시트에 밀린다. 아아, 로켓에 타고 있으면 이것의 몇 배나 되는 G를 느끼겠구나. SF작품의 등장인물이 된 기분을 맛보는 사이에 비행기가 지면에서 떨어졌다.

"아래, 굉장한데."

"아래?"

뒷자리에 앉아 있는 요시다의 말에 오른쪽 구석에 작게 보이는 지상의 풍경으로 시선을 내렸다.

무심코 소리를 낼 뻔했다.

활주로 주변의 논이나 건물 하나하나가 판별이 안 될 정도까지 작아져 있었다. 숲은 브로콜리처럼 개개의 나무들이 섞여서 녹색 덩어리가 되어 있고, 건물은 장난감 블록 정도가 아니라, 도로라는 선 안에 깔려 있는 타일 같았다. 입체감도 사라져 버렸네.

마른 침을 삼키며 보는 동안에도 지상에서 점점 멀어진다.

가는 길은 사라지고, 굵은 간선도로만 혈관처럼, 혹은 잎줄기처럼 보인다.

갑자기 시야가 새하얗게 변했다.

구름 속에 들어왔다는 걸 깨달았다.

먼 경치가 회색 안으로 사라져 버리고, 가까이 있는 날개마저 보였다 말았다를 반복하고 있다. 농담이 있는 안개 속을 가르는 것처럼 나아간다. 그것이 몇 분 정도 이어지고, 수면에서 촤악 튀어나오는 것처럼 구름이 걷혔다.

온통 파란색이다.

기울어짐이 약간 진정됐지만, 아직 상승이 이어지고 있다.

파란 하늘 속을 돌진하는 비행기의 창에서 내려다보자, 태평양에 인접한 특징적인 해안선이 보였다.

지도로만 볼 수 있는, 이바라키부터 치바에 걸친 열도의 윤곽. 이누보사키를 정점으로 해서 동쪽으로 각진 지형이 상승함에 따라서 확실하게 보인다.

"지도는…… 정말로 지도였구나."

그건 분명히 처음 보는 경치다.

보길 잘했다고 생각하는 체험이었다.

"무슨 말이냐, 아사무라."

"아니, 그러니까 저기, 제대로 지도랑 같은 형태라서."

"지도가 지형을 반영하지 않으면, 우린 뭘 신용하면 되는 거냐."

"체험을 안 하면 실감 못하는 일도 있다 싶었지."

"좋은 경험이다."

"그래. 분명 그래. 이걸 못 봤으면 큰 손해였다고 생각한다."

마루가 씨익 웃음 짓는 것이 창유리에 반사되어 보였다.

응. 뭐, 감사하고 있다. 다만—.

그건 그렇다 치고, 걸핏하면 기체가 흔들리는 건 봐줬으면 좋겠는데.

어느샌가 잠들어서, 충격과 함께 마루의 목소리에 눈을 떴다.

정신이 들고 보니 이미 비행기는 착륙했고, 활주로 위에서 느릿느릿하게 방향을 바꾸고 있었다.

"안전벨트 계속 차고 있었는데, 안 답답했냐?"

마루가 기가 막힌 표정으로 말했다.

"아버지 차에 탈 때도 자주 그러니까 괜찮아. 조수석에서 자면 운전자도 졸리니까 그만두라고 자주 혼났지."

아키코 씨는 그러고 보니 정월 여행에서 계속 아버지랑 대화를 했었지. 그건 아버지를 배려한 걸까?

"용케 7시간이나 잤구나."

"그렇게 잤어?"

"아주 푹 자더라."

그 말이 맞다면, 내가 기내에서 대부분의 시간 동안 잠들어 있었다는 것이다. 분명히 비행시간이 7시간 정도였을 테니까. 그러고 보니 점심을 먹은 기억이 없네. 아까운 짓을 했다.

그런데 벌써 시간이 그렇게 됐나?

휴대전화의 시계를 확인했다.

16시. 어라? 출발이 9시였으니까…… 6시간밖에 안 지났어? 고개를 갸웃거리다 깨달았다. 시계를 싱가포르 시간에 맞춰놨었지.

싱가포르와 일본의 시차는 1시간이다.

일본이었다면 벌써 16시의 저녁 시간이다. 그러나 비행기는 서쪽을 향해 날아가니까 아직 햇볕이 충분히 남아 있었다.

분명히, 싱가포르는 2월 최고기온이 30도를 넘었었지.

두꺼운 항공기의 창으로는 햇볕이 얼마나 강한지 알 수

없었지만, 한겨울인 일본에서 왔으니 상당히 덥게 느껴질 지도 모른다.

안전벨트를 풀어도 된다는 표시가 나오자, 나는 가볍게 몸을 들어 주변을 둘러보았다.

다들 내릴 준비를 하고 있다. 통로 쪽 좌석이었던 같은 반 애들이 일어서서 짐칸에서 재빨리 수하물을 내리고 있었다.

"야, 마루, 아사무라. 너희들 거."

통로 쪽에서 순서대로 내려준 스포츠 백을 우리도 받았다.

"그래."

"고마워."

게이트 옆에 서서 배웅해 주는 승무원에게 감사의 말을 하면서 우리는 줄줄이 공항으로 밀려나갔다.

싱가포르 창이 국제 공항—.

현지의 오후 3시에 내려선 우리를 맞이해준 공항과, 날아오른 나리타 공항의 차이가 어디에 있을까?

에어컨이 켜진 기내에서 에어컨이 켜진 공항 시설로, 이동하는 순간에는 몰랐다는 것이 솔직한 심정이다. 깔끔하고 근대적인 빌딩 안에서, 정말로 해외까지 온 건가 싶어 당황했다.

커다란 창밖으로 보이는 풍경의, 햇볕이 강해 보이는 느낌 정도일까?

“여기, 싱가포르인 거지?”

“아사무라, 뭔 말을 하냐.”

“하지만…….”

“일본어가 없잖아.”

아—.

그 말을 듣고 드디어 실감했다. 나리타 공항도 갖가지 언어로 안내 표시가 있는 등 국적의 다양함을 느껴서 역시 국제공항이라고 생각했었지만, 일본어가 보이지 않는 건 아니었다.

그러나 지금은 척 보기에 주변에 일본어가 없었다.

보이는 범위에서 영어가 가장 많은 것 같다. 다음이 중국어일까? 이 둘이 눈에 띄는 것은 국제공항이라는 것도 있지만, 싱가포르의 공용어가 영어, 말레이어, 중국어, 타밀어라는 것도 관계가 있을지 모른다. 뭐, 알파벳과 한자 말고 다른 문자에 너무 익숙함이 없다 보니 시야 안에서 인식하지 못했다는 것도 있지만.

“어쩐지, 드디어 해외에 왔다는 느낌이 드네.”

솔직한 감상이었지만, 마루는 이상한 표정을 지었다.

이제 와서? 라는 표정.

여행을 떠날 때와 반대 순서를 밟아서, 우리는 창이 공항의 대합실에 한 번 정렬한 다음 담임의 선도로 호텔까지 이동하게 됐다.(참고로 큰 짐은 잃어버리는 일 없이 모두 무사히 회수할 수 있었다.)

공항에서 버스를 타고 해안선을 따라 난 길을 20분 정도 달렸다.

도착한 호텔은 2개 동으로 구성된 커다란 곳이었고, 남녀가 다른 동에 배당되어 있었다. 한 방에 세 명씩. 나는 마루와 요시다와 한 방이다. 조를 나누는 게 남녀 3명씩이 기본인 것은 호텔의 방 배당과 맞추기 위해서라는 이유도 있었다.

버스로 호텔에 이동할 때 처음으로 바깥 공기를 느긋하게 들이쉴 수 있었다.

나라마다 그 나라 특유의 냄새가 있다고 한다.

예를 들어, 해외에 오래 살다가 일본으로 돌아온 사람은 일본의 냄새로 간장이나 된장을 느끼는 모양이다.

다만 처음 방문한 나라의 공기에서 나는 냄새가 무엇에서 기인하는지 이국인은 정확히 알 수 없다. 모국하고 뭔가 다르다는 게 느껴지는 것뿐이다. 게다가 후각은 오감 중에서 가장 순응이 빠른 감각기관이니까, 순식간에 익숙해져 버려서 신경 쓰이지 않게 된다.

호텔 방에 도착했다.

짐을 놓고, 작은 바디 백에 필요한 소품만 옮겨 담았다.

“프리 Wi—Fi 등록은 해둬라.”

마루의 말을 듣고, 요시다가 급하게 어떻게 하는지 물었다.
"책자를 읽어두라고 했잖아."
마루가 기가 막혀 말하자, 요시다가 웃음으로 얼버무렸다.
나는 공항에 내려선 시점에서 얼른 해뒀다. 싱가포르는 정부가 무료로 제공하는 Wi–Fi 네트워크 서비스가 있다. 대개의 공공시설에서 쓸 수 있다고 하니까, 우리 같은 여행자는 맨 먼저 설정을 해둬야지.
"그러면. 이제 슬슬 가자, 요시다, 아사무라."
조장인 마루의 재촉을 받아서, 우리는 로비로 내려갔다. 스이세이 고교 2학년 집단을 발견하고, 다음으로 반의 모임에 합류하고, 조별로 갈라졌다.
교사들이 호텔의 저녁 시간에 대해 입이 마르도록 반복해서 말하고, 돌아오는 시각을 준수하라고 했다.
들떠 있는 학생들 중 몇 명의 귀에 들어가는지 수상쩍지만, 책자에도 타임 테이블이 제대로 적혀 있으니까 문제없다. 아마도.
그리고 첫날은 완전히 조별 행동이 아니라, 크게 세 곳 정도 학교측이 고른 목적지에서 선택하게 되어 있었다. 목적지가 반고정이라서, 셔틀버스로 이동하게 된다.
현지까지 버스로 가서, 거기서 반쯤 자주적으로 행동시키고, 집합 시간까지 모여서 다시 버스로 호텔에 이동한다.
같은 조의 여학생 세 명이랑 합류해서 버스에 탔다.

우리가 고른 건 『싱가포르 국립 박물관』이다.

국립 박물관은 당당한 2층짜리 서양 건축물이고, 중앙 동에는 돔 같은 둥근 지붕이 달려 있었다. 플라네타리움이나 천문대, 어느 쪽일까? 아니면 그냥 저런 형태의 방인가?

건물 앞에 도착하자 17시가 되었다.

일본이라면 진작에 저녁 시간. 그러나 오늘 싱가포르의 일몰은 19시 20분 정도라서 하늘은 아직 충분히 밝다.

"역사 갤러리 쪽은 18시에 폐관이니까, 그쪽부터 돌아볼까?"

마루의 한 마디로 우리는 역사 전시 구역으로 발길을 옮겼다.

입구에서 다른 조와 함께 들어간다.

앞의 관광객을 배웅한 가이드가 우리들 쪽에 미소를 지으며 다가왔다.

분명히 영어로 안내할 거라고 생각해서 긴장했는데—.

"여러분, 안녕하세요? 일본에서 온 학생들이군요. 제 이름은 웡이라고 합니다. 여기서부터 여러분을 안내하겠습니다. 잘 부탁해요."

유창한 일본어로 말하더니 안내를 시작했다.

"아무리 생각해도, 우리가 영어를 말하는 것보다 깔끔한 일본어구만."

마루의 말에 납득하면서도, 그 정도였다면 그나마 놀라

움이 적었을 것이다.

우리의 안내를 마친 가이드 청년은 다음으로 중국에서 온 걸로 추정되는 학생 집단에게 이번에는 중국어로 안내를 시작했다. 이건 마루도 무심코 신음을 흘렸다. 대체 저 가이드는 몇 개 국어를 할 줄 아는 거지?

갤러리의 폐관 시간까지 둘러본 다음, 셔틀버스를 탈 때까지 15분 정도 시간이 생겼다.

박물관의 안뜰이라도 보고자 우리는 걷기 시작했다.

하늘이 동쪽부터 천천히 남색으로 변하고 있었다.

찌르는 것 같던 햇볕도 약해졌지만, 공기의 온도는 아직도 높다. 걷고 있으면 피부에 가볍게 땀이 난다. 온도가 높다. 다만 불쾌감은 일본 정도는 아닌 것 같았다.

같은 조의 여자애들은 선크림이 뭐가 좋은지 의논하고 있었다.

박물관 입구의 보도와 잔디의 경계쯤에 사람들이 모여 있는 게 보였다.

무슨 일인가 싶어 다가가자, 노랫소리가 사람들 안쪽에서 들렸다.

"퍼포머다."

마루가 말하자, 여자애들이 가까이서 보고 싶다고 말했다.

"뭐, 시간도 별로 없으니까, 다른 곳을 어슬렁거리는 것보단 좋겠지."

마루 조장의 허가가 나와서, 우리는 인파에 끼어들었다.

인파 중심에 있는 것은, 기타 하나를 끌어안고 파이프 의자에 앉은 채 노래하는 여성의 모습이었다. 기타에서 뻗은 코드가 소형 앰프를 통해 스피커로 이어져 있었다.

발치에는 잔돈을 넣는 상자가 있고, 그럭저럭 동전과 지폐가 들어 있었다.

"목소리 예쁘다……."

"미인이네~."

여자애들이 속삭이는 소리를 들을 것도 없이 나 또한 같은 의견이었다. 긴 금발에 약간 눈매가 올라간 검은 눈동자, 남아시아 계통 생김새를 가진 미인이었다. 햇볕에 탄 갈색 피부도 건강해 보이고, 동성이 동경할 법한 강함을 느끼게 했다. 노래하는 노래는 영어 같았다.

어디선가 들은 노래 같은데.

"요즘 세상에, 어쿠스틱 기타로 S&G라니. 대중성을 노리는 건지, 자기 길을 가는 건지 모르겠다. 뭐, 익숙하니까 손님이 모이는 건가?"

마루가 조용히 말했다.

"아는 곡이야?"

"유명하잖아. 아사무라도 들어본 적 있을걸. 사이먼&가펑클의『엘 콘도르 파사』다. 본래는 남미의 민속음악인데, 일본에서는 학교의 하교 시간에 나오는 음악이기도 하지."

마루의 오타쿠 지식은 때때로 묘한 곳까지 커버하니까 얕볼 수가 없어.

뭐, 남미의 민속음악이라는 건 알았다.

그 여성 가수는, 음량이 있고, 음이 튀는 곳이 없다. 음악 초보인 내가 들어도 잘 부른다는 걸 알 수 있었다.

마지막까지 노래가 끝나고, 다음 곡은 방금과 딴판으로 격렬한 리듬의 음악이 되었다.

"이것도 알아?"

"모른다. 아마, 이쪽의 음악 아닐까?"

이쪽, 이라는 건 싱가포르란 의미겠지.

유행하는 곡이라기보다, 그 노래에도 민속음악 같은 느낌이 있었다. 때리는 것 같은 목소리의 압력에 밀려버린다. 생명력이 넘친다는 말이 어울리는 노래였다.

기타를 왕복하는 손도 아까보다 격렬하다.

"그렇구나. 유명한 곡으로 손님을 모아서, 자신 있는 곡을 들려주는 작전인가?"

마루가 무슨 책사 같은 말을 했다.

박수가 일어나고, 듣고 있던 사람들 몇 명이 동전이나 지폐를 상자에 넣는다. 인터넷의 우타이테[#3]에게 도네이션을 하는 문화가 새롭게 성장하는 한편으로, 이런 옛날부터

#3 우타이테 프로나 다른 아마추어의 악곡을 자기 목소리로 불러 인터넷에 업로드하는 사람들. 처음부터 프로 지망자, 그저 곡이 좋아서 부르는 사람, 순수하게 취미로 하는 사람 등 동기가 다양하며 프로로 진출하는 사람도 있다.

이어진 아날로그 문화도 분명하게 남아 있다는 걸 새삼 느꼈다.

"멜리사……인가?"

마루가 렌즈 안쪽의 눈을 가늘게 뜨고 중얼거렸다. 이름인가?

"노래하는 사람?"

"그래. 확증은 없다만."

마루의 시선을 따라가자, 노래하는 여성 옆에 간판이 서 있고 위쪽에 신분증 같은 것이 붙어 있었다. 이름도 적혀 있는 것 같은데, 용케 저런 작은 알파벳을 읽었네.

"저 신분증?"

"아니, 그쪽은 너무 작아. 아마 노상 퍼포먼스용 허가증인가? 저런 식으로 보이는 곳에 꺼내두지 않으면 경찰에 체포되는 거겠지. 그 아래쪽에도 이름이 있잖아."

"아아."

간판 쪽이었나.

조금 더 듣고 싶었지만, 버스의 출발 시간이 다가오고 있으니 우리는 인파에서 벗어나 주차장으로 돌아왔다.

동쪽 하늘이 완전히 남색으로 물든 가운데 호텔로 돌아왔다.

저녁 식사 장소는 4층의 로비 플로어에 있는 레스토랑이었다.

어느 쪽 동에서든 합류할 수 있으니, 남녀로 갈라진 2학년 모두가 모여 있었다.

레스토랑은 뷔페 형식이었다. 일본 요리도 있었지만, 이왕이니까 먹어본 적이 없는 메뉴를 골라봤다.

남국의 과일이 충실했다. 망고는 쉽게 볼 수 있게 됐지만, 색과 맛이 선명하고, 일본에서는 아직 익숙하지 않은 과일이 많았다. 호텔 안은 Wi—Fi 완비라서, 휴대전화로 조사하며 그릇에 담았다.

도넛피치, 람부탄, 망고스틴, 슈가 애플…….

이런 과일들도, 언젠가는 일본에서 평범하게 볼 수 있게 되는 걸까?

"여러분, 먹으면서 들으세요. 주의 사항을 반복하겠지만—."

학년 주임 교사가 소리를 높였다.

내일부터는 오늘처럼 목적지가 학교 측이 정한 반고정의 행선지가 아니다. 우리들이 정한 조별 행동이 중심이 되니까, 교사들의 주의 사항도 많았다.

저녁 식사 뒤는 방으로 돌아가, 입욕을 마치고 다음은 이제 자기만 하면 된다.

소등 시간까지, 마루와 요시다는 호텔 안을 탐험하러 갔다. 역시 운동부 녀석들은 체력이 다르다.

나는 지친 탓에 방에 남았다.

에어컨에 몸을 식히면서 창밖의 풍경을 보았다.

해가 늦게 져서 그런지, 아직 거리의 불빛도 태반이 켜져 있었다.

내려다보는 경치는 일본의 도회지랑 그다지 다를 것이 없는데, 나는 지금 그야말로 이국의 땅에 있다. 그것을 신기하게 느꼈다.

그러고 보니 아버지가 그랬지. 설마 아들의 수학여행이 해외가 될 줄은 생각도 못 했다고. 아버지 세대는 아직 칸토 지방의 학교에서는 교토나 나라가 정석이었다고 한다.

교통과 통신의 발달이 세계를 좁게 만들었다고 흔히 말하지만, 아버지로서는 자기 아이들 세대에서 수학여행으로 그렇게까지 멀리 가게 될 줄은 생각도 못 했다는 것이다.

"그렇다면……."

또 한 세대 뒤 — 우리들의 아이들 세대 — 가 되면, 수학여행을 더더욱 멀리 가게 되지 않을까?

해외보다도 더욱 멀리—.

창밖, 커다란 유리 끄트머리에 이제 오르기 시작하는 달이 하얗게 보였다.

그래도 저기가 수학여행지가 되는 것은 한 세대로는 부족할 것 같기도 하다. SF소설에서는 흔해빠진, 가장 지구와 가까운 천체긴 하지만.

어쩌면 이런 공상도 간단히 실현되어 버리고, 「우리들이 아이였을 때는」이라고 우리 자식들에게 말하게 되는 걸까?

아니, 아니. 나 지금 아이가 생기는 걸 전제로 생각하고 있잖아?

그 전에 할 일이 이래저래 많을 텐데. 여러모로.

떠오르던 망상을 고개 저어 떨쳐내고, 나는 오늘 일을 돌이켜 보았다.

어수선한 하루였다.

처음으로 비행기 체험을 한 것도 포함하여 희귀한 일과 잔뜩 마주쳤고, 여러모로 생각할 일이나 새로운 발견도 있었다. 다수로 고정되어 탈 것이나 건물 사이를 오가기만 했으니, 싱가포르라는 나라를 접했다는 말을 빈말로도 못 하지만.

일본과의 차이점을 느낀 부분은, 주변에 있는 식물들일까? 꽃의 색이나 형태가, 수풀이 우거진 모습이, 나무들의 가지 모양이, 일본에서 익숙한 것들과 미묘하게 차이가 있었다.

그것이 전체적으로 흐릿한 인상의 차이로 기억에 남아 있었다. 남국답다고 해야 할까?

그것 말고도 공기의 냄새가 다르다. 주변에서 들리는 소리가, 길거리를 흐르는 음악이, 눈에 띄는 간판의 문자가 다르다.

달리는 자동차나 근대적인 건물, TV 등의 전자제품이나 샤워를 보게 되면, 일본과 차이가 보이지 않게 되어 버리지만.

스마트폰 같은 것도.

박물관에는 관광객들만 온 게 아니고, 아마도 싱가포르 사람들도 수도 없이 있었을 거다. 하지만 다들 손에 든 휴대전화를 카메라 대신 삼거나 사전 대신 삼거나 같은 행동을 해서, 아아 이런 부분은 전 세계 어디든 변함이 없구나, 하고 생각했다. 요즘이야 전자통신 디바이스는 어느 나라 사람이든 필수인 것 같으니.

문득 내 휴대전화에 시선을 주었다.

LINE의 아이콘이 눈에 들어왔다.

오늘 아침, 공항에서 헤어진 뒤로 역시 아야세 양하고 한 번도 못 만났다. 반이 다른 것뿐인데 같은 장소에 있어도 거리가 멀다. 얼굴도 못 봤다.

언제나 익숙한 얼굴을 보지 못한 것뿐인데 어쩐지 허전함을 느껴 버린다.

LINE의 아이콘을 탭하여, 앱을 기동했다.

대화 상대 일람에 늘어선 익숙한 아이콘을 클릭했다. 출발하기 전에 서로 보낸 짧은 메시지를 보고, 지금 이 시간에 아야세 양은 뭘 하고 있을까 생각했다.

Wi—Fi가 있으면 고액 청구서도 안 나오니까, 뭔가 메시지를 보낼까 생각했다. 하지만 동시에, 어쩌면 아야세 양은 같은 방의 나라사카 양이랑 대화 타임에 돌입했을지도 모른다고도 생각했다.

대화하는 와중에 독특한 착신음이 울리면 눈에 띌지도 모른다. 아니 생각이 지나친가? 부모나 친구 중 누군가일지도 모르니까, 일일이 대화 상대의 휴대전화 소리가 한 번 울린 정도로 상대가 누구인지 문제가 되나?

그리고 새삼 전날 아야세 양과 나눈 스킨십이 떠올라 버린다.

『내일부터 나흘 동안, 거의 못 만날지도 모르잖아. 그래서…… 저기.』

부모가 자는 틈이라는 부분에 약간 켕기는 기분을 느끼면서도, 우리는 이제부터 얼마간 서로 만나지 못한다는 상상만으로 참지 못하게 됐다.

그렇다면, 메시지 하나쯤 안 보내면 아야세 양이 쓸쓸해하지 않을까……?

아니, 무엇보다도 나 자신이 아야세 양의 목소리를 듣고 싶다. 목소리를 못 듣는다면 하다못해 말을 나누고 싶다. 낮에, 모두가 있는 소란스러움으로 얼버무리고 있던 동안에는 생각하지 않을 수 있었던 마음이, 혼자가 되자 마음속에서 솟아올랐다.

하지만. 같은 방에 나라사카 양이 있단 말이지.

그, 기이하게 감이 날카로운 그녀라면, 휴대전화의 착신음 하나로 「있잖아, 누구야? 혹시 오빠야? 그치, 그치! 이야, 사랑받는구나~. 이 여동생 녀석!」이라고, 놀릴 것 같기도 하다.

"무척 그럴 것 같아……."

그 목소리가 머릿속에서 여유롭게 재생된다.

아니, 그렇지만. 그런 이유로 안 보내는 것도 그렇고.

나라사카 양은 놀리긴 해도, 상대가 슬퍼하는 사태로 몰아넣는 사람은 아니라고 생각한다. 그렇다면, 지금은—.

손가락을 첫 문자로 미끄러뜨리려는 바로 그때, 철컥 손잡이를 돌리는 소리가 나더니 「돌아왔다~!」라고 운동부다운 커다란 목소리가 울렸다. 마루와 요시다가 방에 들어와서 당황했다.

"다…… 다녀왔어."

반사적으로 나온 내 말에, 마루가 묘한 표정을 지었다.

"아니, 다녀왔어는 우리가 할 말 같은데."

"미안, 잘못 말했다. 어서 와."

"그래, 다녀왔다."

"아사무라도 오지 그랬냐. 재미있었어, 여기 편의점!"

말하면서 요시다가 봉투를 들었다.

아무래도 마루와 요시다는, 호텔 안에 있는 편의점에 다녀온 모양이다.

이국에 와서 탐험하는 곳이 세계 어느 곳에나 있는 편의점이라니.

편의점 봉투를 든 채 돌진하더니, 테이블 위에 사온 과자를 늘어놓았다.

"……이거, 일본에도 있는 거지?"

"그게 미묘하게 다르더라고."

마루와 요시다가 약간 흥분한 표정으로 이국의 호텔 탐험이라는 모험의 전말을 말하기 시작하여, 나는 어쩐지 모르게 그대로 휴대전화에 돌아갈 찬스를 잃었다.

그대로 소등 시간이 되고— 수학여행 첫날이 끝났다.

●2월 17일 (수요일) 수학여행 1일째 아야세 사키

전날 밤은 잠들 수 있을지 불안했다.

그러나 눈을 감은 다음 순간에, 벌써 의식을 놓치고 있었다.

깃털 이불은, 푹신푹신하고 가볍고 따뜻함의 파문에 떠도는 해파리처럼 나는 꿈의 경계로 떠내려갔다. 꿈을 꾼 것 같기도 하고 아닌 것 같기도 하고.

알람이 울리기 전에 어둠 속에서, 눈을 떴다.

미약하게 들리는 온풍기 소리.

세팅해 둔 타이머는 무사히 역할을 다해서, 이불에서 손발을 꺼내도 춥지 않다. 이거라면 괜찮아. 에잇. 몸을 일으켰다.

문득 어젯밤 일이 머리를 스쳐서, 나는 손가락 끝으로 입술을 가볍게 매만졌다. 후훗. 무심코 미소가 흘러나온다. 볼이 느슨해진다.

아차. 그렇게까지 여유는 없지.

얼른 옷 갈아입어야지.

화장까지 마친 참에, 세면대에서 아사무라 군이랑 스쳤다.

드디어 깬 모양이네. 잠에 취한 얼굴 그대로라, 지각하지 않을까 조금 걱정된다.

엄마가 만들어 준 주먹밥을 먹고, 된장국을 마신다.

주먹밥은 맛있었지만, 감아둔 김이 치아에 끼지 않을까 언제나 조금 걱정된다. 거울로 체크할 때까지는 아사무라 군 앞에서는 입을 크게 벌리지 말아야지.

여유를 두고 집에서 나올 수 있었다.

시부야 역에서 야마노테 선으로, 닛포리 역에서 나리타행으로 갈아타면, 다음은 자고 있어도 공항에 도착한다. 이제 지각의 걱정도 없을 거야.

전차의 자리에 나란히 앉으면서 살며시 아사무라 군의 얼굴을 살피자, 계속 하품을 연발하며 졸려 보였다.

꾸벅꾸벅 졸 것 같은 것을 필사적으로 참고 있었다.

몇 번인가 어깨가 부딪힐 때마다 퍼뜩 몸을 쭉 펴고 있었다. 그때마다 미안하다고 사과하지만, 그렇게 졸리면 나한테 기대서 자도 되는데.

이렇게 아침 일찍이라면 승객도 띄엄띄엄 밖에 없다. 같은 차량 안에 익숙한 교복 차림도 없었으니까.

전차는 시각표 그대로 나리타 공항의 제1빌딩 역에 도착했다.

우리는 지정된 대합실로 서둘렀다.

교복 집단을 발견하고, 아사무라 군이 「그럼, 여기서」라고 말했다.

"여행, 조심해."

"서로 조심하자."

나는 수긍했다.

아사무라 군보다 먼저 출발해서, 혼자 왔다는 표정으로 우리 반에 합류하러 갔다.

난처하게도 아사무라 군과 거리가 떨어질수록, 발걸음의 기세가 점점 줄어들었지만.

왜냐면, 반에 합류해 버리면, 이다음은 여행 중에 계속 따로 행동하니까.

수학여행 동안, 계속.

"서둘러~! 사키이, 여기야 여기!"

붕붕. 소리가 나는 게 아닌가 싶을 정도로 거창하게 마아야가 팔을 휘둘렀다.

무심코 웃음이 나왔다. 이제 서로가 보이니까, 그렇게까지 서두르지 않아도 여유 있잖아?

마아야 옆에는 사토 료코 양이 있다. 같은 조의 여자 세 명째. 그리고 조금 소란스런 남자애가 세 명.

우리 조와 섞이기 전에 딱 한순간 돌아봤지만, 뒤에서 걸어오고 있던 아사무라 군의 모습을 나는 발견할 수 없었다.

그런데 내 친구인 나라사카 마아야는 커뮤 강자, 아니 커뮤 여왕이다.

친구 백 명 사귀었습니다, 를 진짜로 달성해버리는 여자애는, 사실 세상에 그리 많지는 않을 것 같아.

게다가 남녀 가리지 않고, 믿을 수 없을 만큼 누구하고든 친해진다.

그런 그녀가 보기 드물게 내 옆에서 지금 그야말로 남자들만 내쫓고 있었다.

"자아, 남자들! 여자들 모임에 섞이면 어떡해~. 남자는 남자들끼리 즐겨~."

6인조의 같은 조 남자애들 세 명이 다가오는 걸 손을 흔들어 쫓아내고, 나랑 사토 양을 감싸듯 버티고 섰다. 더욱이 같은 반 여자애들을 향해 「여행지에서 들뜬 남자애들한테는 주의해야된다, 다들!」하고 말해서, 키득키득 웃음을 부른다. 이건 남자들도 쓴웃음을 지을 수밖에 없겠네.

빙글 마아야가 돌아보았다.

"잘~ 들어, 사토 양. 남자들이 시비를 걸면 나한테 말해야 돼. 엄~격하게 혼내줄 테니까!"

"응. 고마워…… 나라사카 양."

사토 양이 눈썹을 살며시 내리면서 부드러운 미소를 지었다.

"사키도!"

"뭐, 괜찮겠지. 나는."

나는 주변 사람들이 나를 어떻게 보는지 알고 있다. 다소 융화되려는 노력을 시작했다지만, 아직 조금 무서워하는 분위기를 피부로 느끼고 있었다. 공격력이 높은 차림이니까.

"방심은 금물."

"으, 네."

갑자기 진지한 표정 짓지 마. 놀라잖아.

"시집가기 전의 소중한 몸이니까. 아니, 나는 데릴사위로 들이는 것도 전혀 상관없기는 한데. 몬츠키 하카마[#4]의 사키는 분명 좋을 거야."

"안 하거든?"

왜 충고를 하고서 세트로 농담을 안 하면 마음이 안 풀리는 사양인 걸까?

봐, 사토 양도 웃잖아.

그래도 그 농담 덕분에, 방금 전까지 겁먹은 새끼 고양이 같았던 사토 양의 표정이 완전히 온화해졌다.

마아야의 의도는 어쩐지 모르게 짐작할 수 있었다.

그녀가 조장을 맡은 이 조에는, 반에서 가장 남자를 어려워하는 두 명(다시 말해서 그게 나랑 사토 양이다)과, 반에서 가장 우쭐대는 남자애 두 명과 똑 부러지는 남자애 한 명이 모였다.

가장 들떠서 풀어질 것 같은 남자애한테 그렇게 말해서 못을 박아두고, 나랑 사토 양을 안심시키는 거다.

#4 몬츠키 하카마 가문의 문장 등이 들어가 있는 일본의 전통 예복. 주로 결혼식 때 신랑이 입는 옷이다.

정말이지 마아야는 당해낼 수가 없어.

"미안해, 나라사카 양. 가자, 남자는 저쪽이라고 선생님이 말했잖아."

똑 부러지는 남자애한테 이끌려서 줄로 돌아갔다. 그가 있으면, 저 3인조는 괜찮겠지.

선생님들이 줄을 만드는 학생들 앞에 서서 유도를 시작했다.

우리는 때때로 환성을 지르면서도, 기본적으로는 얌전히 이동해서 탑승 수속을 시작했다.

현대의 고교생이라지만, 아직 해외여행은 처음인 사람이 태반이라 다들 조금 긴장하고 있다. 교사들의 지시를 듣는 태도도 진지하다. 왜냐면, 자기만 비행기를 못 타면 엄청나게 곤란하다.

그리고 그건 나도 마찬가지였다.

비행기를 탈 때까지는 꽤 긴장되는구나.

그래도 한번 타 버리면, 그다음은 국내 여행으로 버스를 탈 때랑 그다지 다를 바 없다.

기내 안내방송이 영어와 중국어와 일본어 3개 국어로 반복되는 것이 신선하긴 했지만, 그것도 잘 생각해 보면 신칸센의 안내도 일본어랑 영어다.

귀를 기울이면, 과자를 먹거나, 수다를 떨거나. 교토, 나라에 가는 거랑 차이가 없다. 남자도 여자도 큰 소리로 말하고, 때때로 담임에게 혼나는 게 정석적인 흐름이었다.

뭐, 나는 그다지 목적이 없는 수다는 거북하지만.

이건 사토 양도 마찬가지인 것 같았다. 중간에 마아야가 있으니까 난처하지 않았지만, 없었다면 침묵의 7시간이 되었을 거야. 정말로 이 조라서 다행이다.

4열 시트의 창가였던 것도 고마운 일이었다. 대화가 막히면, 하염없이 창밖을 바라보며 시간을 때울 수 있다. 파란 하늘 아래로 펼쳐지는, 마치 위성사진으로 본 것 같은 광경에 나는 자신이 정말로 해외여행을 가는 도중이라는 걸 드디어 실감했다.

처음 가는 해외다.

심장의 고동이 평소보다 빨라진 걸 느꼈다.

휴대전화의 시계를 시차만큼 조정하고 여행의 책자를 다시 읽고 있는데, 마아야가 영화를 보고 싶다고 해서 4열 시트의 우리들 줄은 영화 감상회를 시작했다. 왜냐면, 혼자서 보기 시작하면 수다를 못 떠니까. 중간에 앉아 있는 마아야가 영화를 보면 그 좌우에 있는 나랑 사토 양은 말이 없어지게 된다.

하지만, 그것도 마아야 나름의 배려일지도 몰라.

억지로 대화하지 않아도 된다는.

기내에서 볼 수 있는 건 유행하고 있다는 미스터리 애니메이션의 최신작이었다. 초등학생 아이가 어째선가 살인

사건에 말려든 데다가 사건을 혼자서 해결하고 있었다. 굉장해. 황당무계한 것 같기도 하지만, 신경 쓰이지 않는 것도 포함하여 재미있었다.

낮이 되어 중간에 기내식을 먹었다.

승무원이 돌아다니면서, 그렇다, 누구든지 한 번은 꿈꾸는 고풍스런 정석 질문을 반복해주는 것이 개인적으로는 기뻤다.

"비프 오어 치킨?"

너무나 심플해서 영어 회화라고 할 수도 없는 문답이었지만, 나는 이 순간에 가장 해외여행을 느꼈다고 말할 수도 있었다.

물론 대답은 치킨이었다. 왜냐면 저칼로리니까.

싱가포르의 차이 공항에 도착.

호텔까지 이동해서 체크인을 마치고, 우리 조는 박물관으로 이동했다.

여기서도 우리 조만, 남자들 세 명과 여자들 세 명이 따로따로 행동했다. 처음과 마지막에만 뭉쳐 있었고, 물론 너무 떨어지지 않도록 조심은 했지만.

나 이상으로 남자를 어려워하는 사토 양은 안도하고 있었다. 천천히 전시를 보고 싶었으니까 그 점도 좋았다.

다만, 기껏 남녀 구별 없이 즐기라고 혼합 조를 장려한 담임에게는 미안할지도 몰라.

둘만 있을 때, 조용히 그렇게 말을 해봤는데—.

"생선의 마음이 있으면 물의 마음이야, 사키."

마아야가 혀를 살짝 날름 내밀면서 말했다.

"그거, 그냥 말하고 싶었던 거지."

책사 조장은 전혀 미안한 기색이 없었다.

참고로 「생선의 마음이 있으면 물의 마음[#5]」이란 말의 의미는, 상대의 행동에 맞춰 이쪽 대응이 정해진다는 뜻이다. 이 경우는 남녀 구별 없이 접할 수 있는 상대라면 같이 돌아봐도 좋지만, 우쭐거리고 흑심이 보이는 상대에게는 그에 따른 대응을 한다는 거겠지. 미묘하게 어긋난 사용법인 것 같기도 하지만. 그건 마아야니까.

유감인 것은 박물관의 가이드가 일본어를 술술 말했다는 거다.

가이드북을 조사해서 영어 회화를 머리에 넣은 내 의기가 완전히 공회전했어.

설마 여행 중에 전부 이런 느낌인 건 아니겠지?

쇠고기인지 닭고기인지 대답한 것이 영어 회화의 하이라이트가 되면 어쩌지.

#5 생선의 마음이 있으면 물의 마음 오는 정이 있어야 가는 정이 있다. 와 유사한 뜻을 가진 일본의 속담.

호텔에 돌아와 저녁 식사와 입욕을 마쳤다.

방 배정은 오늘 하루 계속 같이 다닌 우리다. 다시 말해서 마아야랑 나랑 사토 료코 양.

아무래도 아침부터 계속 수다를 떨었으니까, 완전히 가까워지고 말았다. 1년 가까이 같은 반이었지만, 나는 사토 양의 목소리를 이렇게 많이 들은 게 처음인 것 같아.

"미안해. 나, 아야세 양은 좀 더 무서운 사람일 거라고 생각했어."

"전~혀 안 그래~. 이렇게 보여도 전 세계의 오빠야를 홀리는 마성의 여동생이거든~. 존귀하지."

"왜 마아야가 나를 대변하는 거야?"

"아야세 양, 여동생인가요?"

심장이 두근 뛰었다. ―잠깐, 마아야!

"아, 어어 그게……."

"속성이야, 속성! 여동생 속성."

"으응?"

고개를 귀엽게 갸웃거리는 사토 양. 미안, 무슨 소린지 모르겠지. 하지만 유감스럽게도, 나도 잘 모르겠어.

속성이란 건 뭐야?

"전 세계의 여자애는 둘로 나눌 수 있어. 여동생인가, 아닌가."

"그야 그렇겠지."

A인가, A가 아닌가. 그걸 말하자면, 뭐든지 둘로 나뉘지 않아?

"뭐, 남매라는 건, 있으면, 있는 대로 시끄럽지만."

마아야가 말했다. 그녀는 누나라서, 남동생이 잔뜩 있다.

"쓸쓸하지는 않잖아."

"그야 뭐. 쓸쓸하진, 않지. 하지만, 평소에는 동생들 목욕을 시키는 이 시간이 전쟁이라니까. 오늘은 평화로워서 마음이 편해~."

마아야가 말하고, 사토 양이 웃었다.

두 사람의 온화한 대화를 들으면서, 나는 일어서서 창가에 기대 야경을 바라보았다.

처음으로 하는 해외여행.

충실하기도 하고, 즐거웠다고 말할 수도 있다.

하지만 이렇게 일단락되고 차분해지자, 아사무라 군과 이런 신선한 환경에서 시간을 보내고 싶다는 마음도 싹텄다.

오늘은 헤어진 뒤로, 한 번도 못 만났다.

못 만나는 걸까?

휴대전화로 연락을 해볼까?

호텔은 Wi—Fi가 완비되어 있으니까, LINE의 메시지를 보내는 정도는 문제없을 거야.

만나고 싶다. 얼굴을 보고 싶다. 하다못해 목소리를 듣고 싶다.

한 번 그렇게 생각해 버리자, 이제 마음이 멈추질 못해서—.

아아, 어째서 아사무라 군은 메시지 하나 보내주질 않는거지.

기동한 앱의 대화 화면을 노려보며, 손가락 끝을 움직이게 될 것 같았다.

“사키이~, 자자자. 그런 곳에서 황혼을 즐기지 말고 이리 오세요~! 야경을 보는 건 남자랑 둘이서 바에서 마실 때만 해도 되거든~.”

“마아야. 그 이미지는 완전 아저씨 같거든?”

크학. 가슴을 누른 마아야가 침대에 풀썩 쓰러졌다.

“나, 나라사카 양. 괜찮아?”

“나는 이제 틀렸어~. 사키한테 당했어~. 큭. 여기서 먹고 있던 과자를 꺾어서 다잉 메시지를 남겨야지.”

“어? 어?”

“사토 양이 난처해하잖아.”

나는 쓴웃음을 지으면서, 여자들 모임으로 돌아왔다.

아사무라 군도 이렇게 친구들과의 시간을 즐기고 있을지도 모르고, 내가 쓸쓸하다고 그의 대화에 찬물을 끼얹을 수도…… 없으니까.

그렇게 수학여행 1일째가 끝났다.

●2월 18일 (목요일) 수학여행 2일째 아사무라 유우타

눈을 뜨고 올려다보는 천장의 색. 연녹색의 천장에 여기는 어딘가 한순간 당황했다가, 내가 이국의 땅에 있다는 것을 떠올렸다.

"슬슬 밥 시간이다."

마루의 목소리에 고개를 옆으로 돌렸다.

같은 방의 마루도 요시다도 이미 옷을 갈아입은 뒤라 놀랐다. 황급히 휴대전화를 확인했다.

6시. ……응, 엉?

출발이 9시고, 아침 식사는 7시부터니까, 기상 예정마저도 6시 반이었을 텐데?

왜 준비가 끝났는데?

"아침 훈련이 있을 때는 벌써 아침 다 먹었다."

"그렇지."

……이 체육계 놈들.

"아사무라, 탐험하자, 탐험. 아침 식사 전에 탐험 같이 가자고."

"……패스. 먼저 가도 된다."

마루와 요시다를 제2차 호텔 탐험에 보내고, 나는 느긋하게 옷을 갈아입고 세수를 시작했다.

침실로 돌아와서, 충전 케이블에서 휴대전화를 뽑아 주머니에 넣었다. 문득 눈에 들어온 콘센트의 형태— 구멍이 3개인 BF타입에 퍼뜩 정신이 들었다. 이런 걸로 외국에 온 걸 느끼는구나.

그러고 보니 첫날 밤에 발각됐는데, 몇 명인가 변환 플러그 어댑터를 까먹어서 조금 패닉에 빠져 있었다.

우리 반에도 몇 명 있었다. 그때 놀랍게도 마루가 「이런 일도 있을 줄 알고」라면서 예비로 가져온 분량을 빌려줬다. 일약 히어로 취급을 받았지. 정말로 준비성이 좋다고 해야 할지, 위기관리를 잘한다고 해야 할지. 그 예비 분량을 일부러 사둔 걸까? 설마.

식사하는 곳은, 저녁 식사를 먹은 식당이니까 망설임은 없다.

형식도 어젯밤이랑 같은 바이킹이다.

아침은 역시 가볍게 때울 생각이다. 토스트를 중심으로 양을 줄였다. 어젯밤은 고기만 골라 버려서, 샐러드를 조금 넉넉하게 골랐다. 이런 부분은 매일 아침 샐러드가 식탁에 나오는 아야세 가족의 메뉴에 익숙해진 탓도 있다.

트레이에 올린 채 식당을 둘러보자, 몸집이 커다란 마루가 먼저 눈에 들어왔다. 그 옆에 요시다가 있다.

맞은 편에 여자애들 세 명이 앉아서 먹고 있었다. 같은 조의 멤버였다.

합류해서, 서로 인사를 마친다. 오늘은 하루 이 멤버로 행동하게 되니까 인사는 중요하다.

"아~ 제군들."

먹고 있는데, 마루가 한 손을 들어 모두의 주의를 재촉했다― 제군?

"왜 그래? 마루."

요시다가 의문스러운 표정을 지었다. 뭐, 분명히. 나도 마루가 「제군」 같은 말을 쓰는 건 들어본 적이 없었다.

"됐으니까 들어."

"……듣는데?"

여자들 세 명도 고개를 갸웃거렸다.

"이틀째는 미리 조별로 계획한 명소를 돌아본다."

"그렇지."

요시다가 말하고, 나도 수긍했다.

여자애들 세 명 중에서, 리더격인 애가 마루에게 물었다.

"알고 있는데…… 무슨 일이야? 마루 군."

"그때 우연히, 다른 반의 조와 가고 싶은 장소가 겹치는 일도 있을 수 있지. 그것을 여기서 확인해두고 싶어."

"같은 반에서도, 가고 싶은 곳, 꽤 겹쳤으니까."

"그래그래. 완전히 겹친 조도 있는 것 같아. 료랑 같이 돌고 싶다고 이야기했었지. 만나면 좋겠다."

다른 반의 친구가, 완전히 같은 스케줄이라 깜짝 놀랐다는 이야기도 들었다.

참고로 오늘 우리의 예정은 낮엔 동물원이고, 밤이 동물원 옆에 있는 나이트 사파리를 예정하고 있는데, 둘 다 상당히 인기 있는 곳이라고 들었다.

"음. 인기 스폿이니까. 어쩌다가 행선지가 겹치는 일이 있을지도 모른다. 그렇지?"

주변 멤버들도 고개를 끄덕였다.

그렇다. 분명히 그런 일이 있을지도 몰라.

그러나 왜 일부러 그런 당연한 얘기를 여기서 꺼낸 거지?

"알았냐? 아사무라."

마루가 나를 보고 씨익 웃었다.

"알았는데……."

"그럼 됐다."

어쨌거나 9시에 로비에서 재집합한 우리 조는, 동물원이 있는 만다이 지구로 가는 셔틀버스를 탔다. 호텔이 있는 장소에서 북쪽을 향해 달리길 20분. 그동안 버스 가이드가 붙어 있었다.

싱가포르의 역사나 도시개발, 수자원 등의 사회문제—그것들에 관한 능숙한 일본어 설명을 해준다. 첫날에도 생각했지만, 영어를 배우지 않아도 이해할 수 있다는 것이 좋은 건지 나쁜 건지. 뭐, 영어로 가이드를 받아도 충분히 이해할 수 없을 것 같으니 고맙긴 하지만.

처음에는 싱가포르에 대해서 대략적인 지식도 설명해 주었다. 싱가포르의 국토 면적은 도쿄 23구보다 조금 큰 정도. 우리들이 머무르고 있는 호텔이 남쪽 가까운 곳에 있고, 만다이 구역은 북쪽에 있다. 거리는 20킬로미터쯤 되고, 시나가와 역에서 아카바네 역까지 대략 그 정도쯤 된다.

그런 이야기까지 가이드가 해주었다. 일본에 대해 잘 아는 건지, 일본인 학생을 상대하는 거니까 미리 조사를 해온 건지는 모르겠지만, 참 알기 쉬웠다.

그리고 오늘의 목적지가 보인다.

싱가포르 동물원—.

주차장에서 내려, 입구로 간다. 마치 식물원인가 싶을 정도로 녹음이 심어져 있고, 새 소리가 들어가기 전부터 들린다.

마루가 이상하게 재촉한다. 이제 슬슬 시간이라면서.

"분명히 입장 시각 지정은 없었던 것 같은데……."

샵이 열려 있는 시간은 정해져 있지만, 뭔가 보고 싶은 어트랙션이라도 있나?

"오~, 이거이거 옆 반의 아사무라 군! 이야아, 『우연』이네에!"

갑자기 들린 익숙한 목소리에, 무심코, 엥, 하며 입을 벌리고 말았다.

나라사카 양의…… 조? 입구 근처에 비슷한 나이의 일단

이 있다고 생각은 했는데.

뒤에 서 있는 아야세 양이 당황한 표정을 짓고 있었다.

싱가포르 주. 알파벳으로 그렇게 적혀— 아니, 적혀 있는 게 아니라, 알파벳 문자가 붙어 있는 입구 앞에서 나는 굳어 버렸다.

나라사카 양 옆에 있는 아야세 양의 표정을 훔쳐보니, 그녀도 여기서 나랑 만나는 건 예상 못 한 모양이다. 당황한 표정이네.

그때 처음으로, 그러고 보니 아야세 양의 행선지를 확인 안 했었다는 걸 떠올렸다.

어차피 같이 돌아볼 수 없을 거라고, 굳이 물어보지도 않았지.

그런 한편으로 마루랑— 나라사카 양은 알고 있었던 눈치다.

마루에게 귓속말을 했다.

"뭔가 작위적인 느낌이 드는데."

"억지로 맞춘 거 아니니까 안심해라."

정말이지 안심할 수 없는 미소를 지으며 말했다.

마루는 나라사카 양의 그룹에 한 걸음 다가가 말을 걸었다.

"이야, 이거이거. 옆 반의 나라사카 양 아니신가."

"오~, 그러는 자네야말로 옆 반의 마루 토모카즈 군! 우연인걸~.”

“우연이구먼.”

엄청나게 작위적인데.

마루가 빙글 돌아서자, 동시에 나라사카 양도 아야세 양 쪽을 돌아보았다.

“아무래도 『우연』히, 다른 반의 조랑 가고 싶은 장소가 겹쳐버린 것 같아. 이것도 무슨 인연이니까, 가능하면 같이 동물원을 돌아보고 싶다고 생각하는데 어떨까?”

“나는 좋아. 이런 곳은 떠들썩해야 재밌으니까!”

요시다가 기뻐하며 말했다.

조의 여자애들도 수긍했다.

“응. 나도 OK. 좋잖아. 그리고 꽤 자주 보는 얼굴 있네.”

내리쬐는 태양을 피하듯 손으로 차양을 만들면서 빙 둘러보는 그녀의 시선을 따라가자, 분명히 여기저기 같은 스이세이 고교의 학생 같은 모습이 보였다.

“나도 좋아. 다 같이 돌자~.”

“아~, 료~, 만났다!”

그렇게 말하면서, 나라사카 양의 조 여자애랑 하이 터치. 료라고 불린 얌전해 보이는 여자애 쪽도 「다행이야」라고 말하며 터치를 한다. 그렇다면, 아침에 그녀가 말했던 엄청 겹치는 친구의 조라는 게 아야세 양의 조였다는 거다.

뭐, 같은 학교의 그럭저럭 많은 인원이 같은 장소를 골

랐으니, 호텔에서 가이드가 딸린 셔틀버스를 탈 수 있는 거고. 그러니까, 여기서 어쩌다가 아야세 양의 그룹과 마주쳐도 이상하지는…… 아니, 역시 이상해.

"마루, 나라사카 양이랑 친했던가?"

"그녀는 누구하고든 사이가 좋잖아."

그건 그렇지만, 그런 의미가 아니다.

어쩐지 얼버무린 것 같은데.

입장 티켓을 구입하는 줄에 서면서 나는 거듭해서 마루에게 질문했지만, 마루가 목소리를 죽이면서 한 말에 따르면 「미리 확인해서, 다들 가고 싶은 장소를 저쪽 조랑 비교해봐서 문제가 없었으니까, 시간대를 맞춘 것뿐이다」라고 한다.

돌이켜보면, 동물원이면 되냐고 괜히 확인했었던 것 같다. 정석 관광지라면 틀림없을 거라고 깊게 생각하지도 않았는데.

아야세 양이 없다면, 가능한 안전한 관광지를 고르는 편이 즐거울 거라고 생각했을 뿐이다.

"사온다."

줄 앞이 줄어들고, 마루가 티켓 창구에 한 걸음 다가섰다. 우리가 맡긴 입장료를 한꺼번에 내고, 6인분을 구입했다. 옆에서 나라사카 양도 같은 걸 하고 있었다.

서로 조장다운 일을 제대로 하는 건 대단하다. 이런 부분은 배려가 부족한 나와 비교해서 솔직히 존경하게 된다.
티켓을 나눠주고, 입장을 하게 됐다.
괜한 수다를 떨고 있을 여유가 없어서, 12명으로 늘어난 우리 그룹은 한꺼번에 싱가포르 동물원의 게이트를 통과했다.

만다이 지구에 있는 싱가포르 동물원은 일단 넓었다.
팸플릿에 따르면 28헥타르나 된다— 이렇게 말하면 알기 어렵지만, 도쿄돔 6개 분량이라고 하면 어쩐지 그 넓이를 알 수 있을 것이다.
내 기억 속에 있는 동물원이라면 우에노 동물원. 거기는 분명히 도쿄 돔 3개 분량이다.
다시 말해서, 이쪽이 2배의 크기란 거다.
음. 굉장히 크다.
그 안에 자연과 가까운 아열대의 환경이 펼쳐지고 있으며, 자유롭게 살아가는 동물들을 바로 옆까지 다가가 살펴볼 수 있다.
울타리도 해자도 사실은 존재하지만, 가능한 눈에 띄지 않도록 배려를 해둔 모양이다.
우리에 갇혀 있다는 인상이 흐리고, 그래서일까? 어쩐지 동물들도 활기차게 살아가는 것처럼 보인다.
그런데 일행이 12명으로 늘어나 버렸지만, 순식간에 서로에게 익숙해졌다. 그것은 커뮤 여왕 나라사카 양과, 마루 조장의 보살핌력이 있기 때문이었다.

보살핌력이란— 다시 말해서 눈치와 배려다.

이 둘은, 누가 뭐래도 눈치가 좋다.

“다들, 그룹 만들자~.”

나라사카 양의 호령 아래, LINE에 12명의 그룹이 순식간에 생긴다.

“좋아. 우선 이걸 좀 봐줘.”

이어서 마루가 입간판으로 되어 있는 동물원 맵을 카메라로 촬영하더니, 그것을 그룹 안에 단체송신했다.

맵을 가리키면서, 우리가 있는 장소를 제각각 확인시켰다.

“이 맵, 일본어가 붙어 있잖아.”

요시다가 감탄한 소리를 냈다.

동물원 맵은 영어, 중국어 더욱이 일본어(카타카나)의 세 종류의 표기로 그려져 있었다.

일본인 관광객이 어지간히 많이 오는 거겠지.

참고로 동물원 안에서는 프리 Wi—Fi를 사용할 수 있었다. 공공 기관에서 디지털 통신 기기에 대한 배려가 보통이 아니다. 역시 싱가포르야.

마루는 오늘 행동 순서를 설명하면서, 스케줄도 공유해 휴대전화에 보존했다.

“길을 잃지는 않을 거라 생각하지만, 아무래도 넓으니

까. 주변 사람이랑 멀어지면 곧장 LINE으로 메시지를 보내. 알겠지.”

“네~에.”

모두 예의 바르게 대답한다.

“그러면, 일단 화이트 타이거부터 보러 가자~!”

나라사카 양이 선언하고, 선두에 서서 걷기 시작했다.

일행이 줄줄이 그 등을 따랐다.

이미 조별로 갈라진다는 의식이 없고, 서로서로 뒤섞여서 대화를 시작하고 있었다. 다들 즐거워 보이니까, 마루와 나라사카 양의 속셈이 잘 통했다고 할 수 있겠지.

다 같이 즐겁게, 인가.

본래 내 성격을 생각하면, 집단에 맞춘다, 다 같이 즐긴다, 이런 생각 자체가 믿기 어려운 행위다. 나는 내가 제멋대로인 인간이라는 걸 알고 있다.

하지만 여름방학의 풀장 일 이후로, 타인과 교류하는 것도 중요하다고 생각했다.

생각했다고 해도 금방 적응할 수 있는 것이 아니고, 쉬운 일도 아니지만.

그건 그렇고, 마루와 나라사카 양의 보살핌력은 강력했다.

토크 덱에서 고르고 고른 화제를 적절하게 뿌리고, 서로의 그룹에 빨리 적응할 수 있도록 신경을 써준다.

굳이 따지자면 개인행동을 좋아하는 나랑 아야세 양에게

도 유감없이 발휘되어, 덕분에 나도 아야세 양도, 적어도 표면적으로는 웃으며 대응할 수 있었다.

다만, 생각도 못 한 함정이 하나.

나는 아야세 양이 대화 상대가 되자마자, 아야세 양은 내가 대화 상대가 되자마자, 둘 다 담백한 태도를 취하게 되어 버려서, 그 탓에 말수가 줄어 토크 종료 플래그가 서 버리는 것이다.

일상생활 속에서 그렇게 자주 대화하는 상대와, 비일상이 무대인 이벤트장에 오자마자 서먹해진다니 이상한 일이라고 생각한다.

하지만 나도 아야세 양도, 이야기를 시작하면 단둘이 이야기를 계속해버릴 예감이 들었다.

주변을 내버려 두고 우리들만 대화를 계속하면, 12명으로 이루어진 이 동물원 공략 파티를 원활하게 이끌어 미션 클리어를 노리고 있는 마루와 나라사카 양의 노력을 망쳐버리는 행위라고 생각했다.

대화하고 싶다. 목소리를 듣고 싶다.

그 마음이 너무 강해서, 멈출 수가 없게 될 것 같아서, 그렇게 되면 순식간에 여기 있는 모두에게 관계가 들켜버릴 것 같아서.

예를 들어 이야기할 때 누군가가 끼어들어서 「사이좋네!」라고 말하면, 그것만으로 말문이 막혀서 점점 더 놀림 받을 것 같은 기분이 엄청나게 든다.

나는, 그래서 아야세 양과 대화를 너무 많이 하지 않도록 의식해 버린다.

아야세 양도 아야세 양대로, 나랑 완전히 같은 기색이었다.

결과적으로 처음 만난 다른 반 애들과는 대화하고 있는데, 어째선가 나랑 아야세 양 사이에서만 대화가 끊어져 버린다.

"너희들, 사이 꽤 좋았구나~."

요시다의 목소리에, 뜨끔, 심장이 졸아들었다.

"—마루, 어느샌가 나라사카 양이랑 그렇게?"

내가 아니었다.

"뭘, 조장이니까."

"그~럼. 조장끼리는 사이가 좋은 법이야. 조장이니까."

"……그런 거야?"

"그럼."

"그러엄!"

"그런 법이다. 뭐, 됐다."

요시다는 단순하게 납득했다.

나는 고개를 갸웃거렸지만.

마루랑 나라사카 양이 어떤 계기로 이렇게 친해졌는지는 모르지만, 조장이라는 것만으로 친해진다면 그 밖에도 조장이 잔뜩 있으니까.

그러고 보니 나랑 아야세 양이 의붓 남매가 된 것을, 마루도 아야세 양도 알고 있다는 걸 떠올렸다.

그렇다. 마루랑 나라사카 양에게 공통점이 있다.

우리들의 비밀을 알고 있다는 것.

아무리 그래도 마루는 나랑 아야세 양이 사귀고 있다는 것까지는 모르고, 아마 그건 나라사카 양도 마찬가지일 거다— 아마도.

그래도, 어쩌면, 나랑 아야세 양이 오빠와 여동생이라는 것이 두 사람 사이에서 화제가 됐다면?

뭔가 계획을 짜서 이 상황을 세팅했을 가능성은—?

거기까지 생각하고, 나는 마루랑 나라사카 양을 새삼 보았다.

마루는 휴대전화를 끊임없이 들여다보며, 나아가거나 늦어지는 일행의 예정을 리스케줄해서 LINE으로 공유하고자 하고 있었다.

나라사카 양은 끊임없는 토크 덱을 구사해서, 12명 모두가 가능한 공평하게 화제에 참가할 수 있도록 분투하고 있었다.

—생각이 지나친 걸지도 몰라.

나랑 아야세 양의 남매 사이를 걱정한다고 해도, 마루도, 나라사카 양도, 오직 그것을 위해 주변까지 끌어들이는 성격이 아니다. 누군가를 위해서, 다른 누군가의 즐거움을 왜곡시키는 것을 좋아하는 성격이 아니다. 안 그러면, 팀 전체를 통괄하는데 급급하여 포수를 맡을 수 없고, 그만큼 많은 친구를 만드는 커뮤 여왕도 되지 못한다.

실제로 마루와 나라사카 양은 끊임없이 전원을 균등하게 살피는 것처럼 보였다.

나랑 아야세 양은 그 중 두 명에 지나지 않는다.

지금도 나랑 아야세 양에게 동시에 화제를 뿌렸다.

"있잖아, 아사무라 군이랑 사키는 어떤 동물 좋아해?"

"나무늘보."

"호랑이, 일까?"

"헤~, 뜻밖이네. 아사무라 군은 성실한 성격으로 보이잖아. 요리 같은 것도 막 도와주고 그럴 것 같은데. 그치? 사키도 그렇게 생각하지?"

"……나무늘보도 어울려."

아야세 양이 조용히 말했다.

"호오! 그래애~? 아사무라 군, 나무늘보가 잘 어울리는 남자라는데 감상은 어때?"

"무슨 감상이 나오라고."

"게으르다고 하는 건 아냐."

아야세 양이 나한테 말했다.

"알고 있어."

"그럼, 됐어."

서로에게 말하고, 둘 다 퍼뜩 입을 다물었다.

또 대화가 끝나 버렸다.

선두를 걷고 있는 마루와 나라사카 양이 한숨을 쉬었다.

"나는~, 악어가 좋아~. 쿠와~."

"악어는 쿠와~하고 울지 않을 것 같은데."

"뭐, 아야세가 호랑이를 좋아하는 건 어쩐지 이해가 된다."

"그럴 것 같애~. 멋지잖아."

"그, 그래?"

설마 멋지다고 할 줄은 몰랐는지, 아야세 양이 쑥스러워 한다.

곧장 나라사카 양이 태클을 걸어서, 주변에서 웃음이 터졌다. 이렇게 커버를 해주는 덕분에, 나도 아야세 양도 어떻게 이 자리의 분위기를 망치지 않을 수 있다.

개별적으로 대화를 걸어주면 조금 더 잘 대응할 수 있는데 말이지.

저녁 때까지 동물원을 잔뜩 걸어 다니고, 옆에 있는 나이트 사파리로 이동했다.

나이트 사파리 개장은 19시 15분.

거의 일몰 시간이니까, 하늘의 절반이 완전히 남색으로 물들어 있었다. 동쪽 하늘 끝자락은 벌써 먹을 쏟은 것처럼 검었다.

이런 시간에 개장하는 건 야행성 동물을 관찰할 수 있도록 하기 위해서다.

늦게 시작하니까 폐장도 거의 오전 0시로 상당히 늦은 시간이지만, 물론 고등학교 수학여행은 그런 시간까지 남아 있을 수 없다.

"저녁도 여기서 먹는다지만, 뭐, 취침 예정이 22시니까. 시간이 별로 없다."

마루가 말했다.

그리고 『크리처즈 오브 더 나이트 쇼』를 향해 서둘렀다. 나이트 사파리에서도 인기가 있는 라이브 쇼다.

관객 앞으로 나오는 동물들을 즐겁게 소개해 주는 쇼였다.

그에 더해서 눈앞의 동물들뿐 아니라, 사방팔방에서 끊임없이 동물들의 울음소리가 들린다. 케에에, 키이키이. 짐승인지 새인지도 나는 모르겠다. 생각보다도 갖가지 소리가 가득해서, 밤도 뜻밖에 떠들썩한 세계라는 걸 발견했다.

30분 정도의 쇼를 본 다음 여기저기를 산책하며, 배가 고픈 참에 사파리 안에 있는 레스토랑에서 저녁을 먹었다.

뷔페 형식인 가게로, 앞쪽에 있는 스테이지에서 음악 연주도 즐길 수 있다.

스테이지에 오른 여성이 기타를 치며 노래하는 모습이 시야에 들어왔다. 그러나 내 주의는 식사 메뉴에 기울어 있어서, 그때는 그다지 신경 쓰지 않았다.

트레이를 가지고 와서 자리에 앉았다. 다들 벌써 먹기 시작했다.

"좋은 목소리다."

마루가 조용히 말했다.

"응?"

"이쪽 음악인가?"

마루의 시선을 추적했다.

그는 스테이지에서 노래하는 여성을 보고 있었다.

어라? 생각했다. 그때 처음으로 음악과 목소리가 제대로 머리에 들어왔다. 들은 적 있는 것 같은데.

"저거, 어제 그 사람 아냐?"

마루의 말에 반응한 건 우리 반의 조원들뿐이고, 나라사카 조는「무슨 일인데?」라고 물었다. 나라사카 양의 조도 어제 박물관 견학을 했었다고 하는데, 눈치 못 채는 모양이다.

"저 사람, 박물관 앞에서 노래했었거든."

내가 말했을 때 마침 그 여성이 노래를 마쳤는지, 다른 연주자가 스테이지에 올랐다.

내려온 여성은 그대로 카운터 쪽에 이동해서 바텐더에게 말을 걸었다.

호박색 액체가 칵테일 글래스에 담겼다.

글래스를 손에 든 채 스툴에 앉지도 않고 주변을 둘러보았다. 테이블 석이라도 찾고 있는 걸까?

그렇게 생각했는데, 이쪽으로 걸어왔다.

어, 뭐지? 라고 생각하는 사이에, 우리 쪽으로 다가온 그녀가 영어로 말을 걸었다.

나라사카 양이 고개를 끄덕였다.

"뭐라고 하는 건데?"

마루가 나라사카 양에게 물었다.

"하나도 모르겠어."

"야."

"그게……, 언니야, 이즈, 무슨, 용건있나요~?"

손짓과 몸짓을 구사해서 그렇게 말했다.

완전히 일본어잖아.

"나라사카, 아무리 영어처럼 말해도, 그러면 보디랭귀지 이상으로는 전달이 안 된다. 너는 영어 특기라고 안 했었어?"

마루의 말을 들은 나라사카 양이, 우히히 하고 웃으며 쑥스러워했다.

"페이퍼는 특기지~. 마루 군보다 점수 높았잖아."

"이런 녀석한테 졌다고 생각하니까, 나는 밤잠을 청하기 어려울 정도로 분하다. 말을 못 하면 똑같잖아~."

"영어 실력은 어학력만 있는 게 아니거든."

"괜한 소리를. 기껏 말을 걸어줬으니까, 조금 더 뭔가 말이다—."

"야, 마루. 뭔가, 우리 쪽을 가리키면서 말하는데."

요시다 말이 맞았다. 그녀는 우리를 가리키면서 뭔가 말하고 있었다.

이 나라의 말을 못 하는 우리가 여행자라는 건 쉽게 알 수 있을 텐데.

그렇다면 혹시—.

"아마, 너희들은 어떤 자들인가? 아니면, 어디서 왔나요? 같은 그런 걸 물어보는 게 아닐까 싶은데……."

그렇게 말했을 때였다.

내 옆에서도 영어가 들렸다.

휘릭. 그녀가 그쪽을 돌아보았다. 머신건처럼 빠른 어조로 영어를 말했다. 아차차. 안 그래도 알아듣기 어려운 영어를 이렇게 빠르게 말하면…….

그러나 지지 않을 정도의 고속 영어가 돌아왔다.

익숙한 목소리라는 걸 인식하는 것과 거의 동시에 「사키, 굉장해~」하는 나라사카 양의 목소리가 들렸다. 어, 아야세 양?

돌아보자, 분명히 영어로 대답한 것은 아야세 양이었다.

……나랑 대화했을 때는 이렇게 빠르지 않았었는데?

그건 혹시 상대가 나니까 좀 봐준 건가? 설마 하루 만에 영어가 능숙해졌을 리도 없으니까. 그런 거겠지.

다들 아야세 양과 글래스를 든 그녀를 교대로 보았다.

"아야세 양, 영어, 할 수 있구나."

나라사카 조의 남자애도 깜짝 놀라고 있었다.

"간단한 단어밖에 못 쓰지만…… 그게, 방금 아사무라 군이 말한 추측이 대강 맞았어. 우리가 어느 나라에서 뭘 하러 왔는지 물어보고 있어."

"우리느은, 지구인이다아~."

나라사카 양이 목을 한 손으로 두드려 목소리를 떨면서 전통적인 오타쿠 조크를 했다. 아니, 그렇게 따지면 이 사람도 지구인이라고 생각하는데.

자, 멍한 표정을 짓잖아.

"저기, 나라사카. 성제(星際) 문제를 일으킬 법한 농담을 할 때가 아냐."

아니 애당초 성제 문제라는 게 이상한걸.

여기 있는 건 모두 아마 지구인일 텐데?

"마루. 유머는 원활한 교류를 위한 윤활유야~."

"때와 장소에 따라 다르다. 그래서, 아야세는 그 물음에 그녀에게 뭐라고 대답했어?"

마루의 질문에, 나라사카 양 쪽으로 쓴웃음을 지으며 말했다.

"일본에서 온 학생이고, 수학여행으로 왔습니다. 그렇게 대답했으니까 안심해."

"시시해~."

"마아야. 오해를 사서 어쩌려고. 그래서, 이 사람 이름은 멜리사 우래."

아야세 양의 말에, 「오, 맞췄네」라고 마루가 말했다. 그러고 보니 어제 허가증인가를 보고 마루가 이름 같은 걸 읽어냈었지.

"메리 씨?"

"아니야, 마아야. 멜리사. 멜리사 우 씨. 여기서 노래를 하고 있는데, 일본에서 온 젊은이한테 자기 노래가 어떻게 들리는지 감상을 듣고 싶다고 했어."

그렇구나~, 다들 감탄한 목소리를 냈다.

멜리사라고 이름을 밝힌 20세를 어느 정도 넘은 느낌의 여성은 생글생글 웃음을 뿌리면서, 자연스럽게 비어 있는 자리에 앉아 한두 마디 뭔가를 말했다.

"감상을 들려줄래? 라는데."

"아야세가 통역을 할 거냐?"

마루가 물어보자 아야세 양은 수긍했다.

"좋아. 가능한 범위에서지만."

"흠. 뭐, 옷깃만 스쳐도 인연이라고 했지. 기껏 국제교류를 해볼 기회다. 다들 어때? 아까 멜리사 씨의 노래 들었잖아? 감상평 있어?"

"뷰티풀에 원더풀이었습니다!"

요시다가 말했다.

그걸 들은 멜리사가 땡큐, 하면서 미소를 지었다. 이건 그래도 알아듣는다.

"통했다!"

"아니 그거 통했다고 할 수 있는 거냐?"

마루가 쓴웃음을 지으며, 나한테 시선을 보냈다.

"아사무라. 너는 어때?"

"그게……. 그렇네. 어제도 같은 노래를 했었죠? 민속 음악인가요? 참 멋진 노랫소리였다고 생각했습니다― 인데. 아야세 양, 부탁할 수 있어?"

"응. 그러니까―."

가능한 단문으로 끊어서 번역할 때 직역할 수 있도록 감상을 말했는데, 괜찮을까? 그런 내 배려는 아무래도 필요 없었는지, 내가 한 말을 아야세 양이 술술 영어로 해주었다. 묵묵히 듣고 있던 멜리사는 아야세 양의 통역이 끝나자, 활짝 피는 웃음을 보였다. 나를 향해 빠르게 또 영어의 탄환을 쏘았다.

아마, 기뻐해주는 거라고 생각한다.

마루가 다른 멤버도 재촉하여 몇 가지 감상을 말하자, 그것을 아야세 양이 영어로 전달해 주었다. 아무래도 복잡한 말은 어려운지, 때때로 천장을 노려보면서 아야세 양이 끙끙거리며 영어를 짜냈다.

그래도 멜리사는 아야세 양이 전달해 주는 감상을 기뻐

하며 듣고 있었다.

"됐다!"

나라사카 양이 외쳤다.

뭐지? 고개를 돌렸다. 나라사카 양은 손에 든 휴대전화를 멜리사 쪽으로 내밀어 화면을 탭했다. 그러자, 휴대전화에서 인공 음성의 여성 목소리로 영어가 흘러나왔다.

상당히 긴 말의 나열이었는데, 멜리사는 깜짝 놀란 표정을 지은 뒤에 참으로 기쁜 미소를 지었다.

"혹시, 자동 번역이냐? 나라사카."

"응! 지금, 감상을 파파팍 적어서 번역해서, 그걸 영어로 읽어냈어!"

"그런 수가 있었나."

마루가 감탄하여 신음했다.

편리한 시대라니까.

"이럴 거면 처음부터 마아야한테 부탁하는 편이 좋았겠어."

아야세 양이 말했다.

"아냐, 사키. 얘는 뉘앙스까지 전달을 못 하니까. 커뮤니케이션은 말로만 하는 게 아니니까~, 왜냐면 표정도 없잖아?"

나라사카 양이 말하는 「얘」는 스마트폰이다. 보다 정확하게 말하면 스마트폰으로 접근할 수 있는 번역 & TTS 툴이다.

그렇군, 이라고 생각했다.

아야세 양은 모두의 감상을 전달할 때, 전하는 내용에 맞춰 미묘하게 표정을 바꾸고 있었다. 노랫소리가 정열적이었다, 라고 전할 때는 강하게 잘라 말하는 어조였고, 민속 음악 같아서 그리움을 느꼈다고 말할 때는 어쩐지 먼 곳을 보는 표정을 짓고 있었다.

내용에 맞춰 표정을 변화시키는 아바타라도 곁들이지 않으면, 분명히 자동번역으로는 한계가 있다.

"그런, 걸까?"

"그럼그럼. 봐, 사키한테 감사하고 있잖아."

멜리사가, 굳이 일어서서 아야세 양 옆으로 다가갔다. 어깨를 살짝 끌어안으며 뭔가 말을 걸었다. 기쁜 표정으로, 어깨를 찰싹찰싹 때린다. 조금 아파 보이고, 아야세 양은 쓴웃음 같은 표정을 지었다.

그때 멜리사가 퍼뜩 고개를 들었다.

그녀의 이름을 부르면서 키가 큰 남성이 다가왔다.

그때까지보다 더욱 표정이 밝아지면서, 멜리사가 남성에게 뛰어드는 것처럼 달려갔다.

다음 순간, 그들을 보고 있던 우리 모두가 술렁거렸다. 여자들은 꺄아 소리를 지르고, 남자들은 말을 잃었다.

멜리사와 연인으로 보이는 그 남성이, 우리 눈앞에서 열렬한 키스를 나누었다.

"사람들 앞에서……!"

"진정해라, 요시다. 키스야. 인사라고."

마루가 진정시켰다.

"아니 그래도—."

"야 남자들! 빤히 쳐다보지 마!"

그러는 나라사카 양도 시선이 못박혀 있는데.

"아사무라 군, 용케 냉정하게 볼 수 있네."

"나도 놀랐어."

분명히 놀랐다. 남들 앞에서 그렇게 찰싹 달라붙는 건 아무리 그래도 창피하지 않을까 생각했다. 그러나 동시에 문득 깨달아 버렸다.

어디선가 본 적 있지 않나? 이 광경.

사춘기 아들과 딸 앞에서, 괜히 끈끈한 재혼 부부가 있다니까.

그건 틀림없이 바보 커플이었다. 허그나 키스는 안 하지만, 부끄러움은 그쪽이 더 위라고 느꼈다.

그 둘의 평소 모습을 떠올리니까, 뭐 연인 사이라면 그런 일도 있지 않을까. 그 정도로는 차분해져 버렸다.

물론, 부끄러움이 사라진 건 아니다.

다만 부끄러운 마음을 품으면서도, 멜리사와 연인의 당당한 키스에 내추럴함을 느껴버렸다. 그야말로 낮부터 반복해서 본 야생 동물들의 일상을 본 것처럼.

키스한 다음, 천천히 얼굴을 뗀 멜리사는 빙글 우리들

쪽을 돌아보며 뭔가 말했다.

아야세 양의 말에 따르면 우리들의 숙박처를 물어본 모양이다.

가장 가까운 버스 정류장 이름을 말하자, 멜리사는 자기가 사는 장소도 바로 근처라고 말했다. 돌아갈 때는 공공기관을 쓰게 되니까, 그녀와 우리는 함께 같은 버스로 돌아가게 되었다. 끌어안고 키스를 한 남성은 버스에는 안 탔다. 집의 방향이 다른 모양이다.

호텔 근처의 정차역까지 우리들은 버스를 타고 이동.

그동안, 계속 아야세 양은 멜리사와 뭔가 대화하고 있었다.

나라사카 양 조의 여자애들과 호텔 프런트에서 헤어졌지만, 방으로 돌아올 때까지 요시다는 계속 「그 키스, 굉장했었지」를 반복하고 있었다.

아마, 오늘 그의 추억은 전부 마지막에 보게 된 자극적인 키스 신으로 덮여버린 게 아닐까? 여자애들 몇 명도 계속 돌아오는 길에 얼굴이 빨갰었던 것 같다.

나는 부끄러움이나 남의 시선을 신경 쓰는 마음보다도, 하나의 자연스런 형태를 봤다는 심정이 되어 있었다.

연인 사이를 있는 그대로.

그런 생각을 하면서, 내일은 「센토사 섬을 돌아본다」라고 밖에 정하지 않은 자유행동의 날이군, 이라고 멍하니 생각했다. 그러고 보니 아야세 양의 조도 같은 섬이랬지.

오늘은 약간이지만 아야세 양과 함께 시간을 보내서 즐거웠다.

잠들려고 할 때 휴대전화가 떨렸다.

팝업된 통지를 보고, 심장이 쿵쾅 뛰었다.

아야세 양이다…….

【내일 센토사 섬, 둘이서 돌아보고 싶은데. 가능할까?】

그 요청에, 퍼뜩 깨달았다.

이어지는 통지에는 섬을 나가지 않는 한 6명이 다 모여 있을 필요는 없다고, 거의 자유행동이니까 괜찮다고 적혀 있었다.

아야세 양 쪽도 그렇다.

마루가 여행 전의 HR 시간에 말했던 걸 기억해냈다.

『사흘째 센토사 섬은, 그 섬에서 나가지 않는 한 각자 멋대로 행동해도 되겠지. 기념품을 사든, 어슬렁거리며 경치를 즐기든.』

그때는 「느슨해서 좋아」라고 조원들도 호평했을 뿐이었는데.

나 자신은, 마루하고 돌게 될 거라고 막연하게 생각했다. 설마, 아야세 양의 조도 마찬가지로 융통성 있는 스케줄일 거라고 생각 못 했으니까.

혹시 마루도 나라사카 양도, 같이 돌고 싶은 다른 반 사람이 있을지도 모른다. 그래서 괜히 에둘러서 교묘하게 이런 스케줄을 짰다, 아닐까?

생각이 지나친가.

나는 아야세 양의 제안을 반복해 읽으며 생각했다.

나도 만나고 싶다고 생각하지만, 빠져나가려면 아무래도 조장인 마루에게 한마디 해둘 필요가 있다. 빠져나갈 이유까지는 말 안 해도 되겠지만, 식사나 기념품 사는데 같이 가자고 할 가능성이 있으니까.

아니, 마루라면 나랑 아야세 양이 남매라는 걸 아니까, 남매끼리 돌아보고 싶다고 말하면 되지 않을까?

옆을 보자, 마루도 요시다도 벌써 곯아떨어져 있었다.

잠을 잘 자는 것도 운동부답다. 잘 자는 아이는 잘 자란다고 하니까.

나는 LINE의 답신에 꾹꾹 대답을 쳤다.

【알았어. 우리 조에 말을 해둬야 하니까 빠져나갈 타이밍 같은, 정식 대답은 내일까지 기다려주면 좋겠어.】

그렇게 적고 송신했다.

한순간에 읽음이 되고, 【OK】라고만 돌아왔다.

자고 일어나면, 마루한테만 아야세 양이랑 돌아볼 거라고 말하기로 했다. 그리고 센토사 섬으로 건너가기 전에 어디선가 아야세 양에게 연락을 해야지.

한숨 돌리자, 나도 졸음이 몰려왔다. 그래도 뭔가 잊고 있는 것 같아서 완전히 잠들 수 없었다. 잠시 생각하고, 아야세 양이 보낸 메시지랑 내가 보낸 것의 차이를 깨달았다.

그녀는【돌아보고 싶다】라고 솔직한 마음을 전해줬는데, 나 자신은 스케줄 이야기밖에 안 했다. 내가 어떻게 생각하는지, 이래서는 전달되지 않는다.

휴대전화 시각 표시를 노려보았다.

22:30.

벌써, 잠들었을지도 모른다. 잠을 깨워버릴지도 모른다.

그래도—.

【나도 아야세 양이랑 같이 돌아보고 싶어.】

숨을 들이쉬고 내쉬면서 결심하고, 송신을 눌렀다.

읽음의 표식과 함께, 건방져 보이는 고양이가 미소를 짓는 스탬프 하나가 돌아왔다.

아야세 양이 스탬프를 쓰는 거 처음 아닐까 놀라면서, 안도한 나는 수마에 패배해 버려서 그대로 잠의 수렁에 빠져들었다.

꿈 속에서.

밤의 레스토랑에서 본 키스신 장면이 떠올랐다.

두 사람의 얼굴이, 어느샌가 나랑 아야세 양이 되어 있었다.

●2월 18일 (목요일) 수학여행 2일째 아야세 사키

여행 2일째. 아침에 일어나자마자 일어난 일이었다.

내가 눈을 뜨자마자 옆 침대에 앉아 있던 마아야가, 머리칼을 삭삭 빗으로 빗으면서 「오늘은 아사무라 군네랑 같이 돌자~」라고 말했다.

무슨 뜻이야!? 라고 생각했다.

"무슨 뜻이야?"

그렇게 생각했더니 입이 자연스럽게 열렸다.

"고스란히 그 의미인데? 료찡도, 오케이?"

반대쪽 침대에 말을 걸었다.

"으응~?"

잠에 취한 표정 그대로, 벌떡 일어난 사토 료코 양이 눈가를 비볐다.

"……아사무라 군이…… 누구?"

"옆 반 조에 있는 애야. 마루 군이랑 아사무라 군이랑……. 그거, 말했었잖아. 료찡의 친구가 있는 조."

"아~……응. 응. 알았어어."

잠이 덜 깬 모양인데, 괜찮은 걸까? 그리고 뭔가 미리 들은 게 있는 것 같은 반응인데.

"자, 잠깐 마아야. 나, 못 들었는데."

"말 안 했으니까!"

"어째서!?"

"서프라이즈는 서프라이즈니까 재밌는 거잖아?"

왜 수학여행에 서프라이즈가 필요한데.

그리고 오늘은 멋대로 행동할 수 있는 날이 아니라, 다 같이 이동하는 날 아니었나?

"오늘은 하루 종일, 조별로 행동하는 날 아니었어?"

응, 하고 마아야가 수긍했다. 솔직하고 순진무구 그 자체라는 미소를 지었다— 이렇게 신용할 수 없는 미소가 또 있을까.

"우리 조는 말야, 오늘 동물원이랑 나이트 사파리에 갑니다."

"그건 알고 있어."

"그리고 사실은 우연히도, 옆 반의 마루 군 조도 동물원과 나이트 사파리에 간다고 해요~. 와아, 어쩜 이렇게 멋진 우연이 있지."

"야."

"그러니까아. 이참에, 스이세이 고교 동기의 인연으로, 상호교류를 활발하게 실행해서, 이 수학여행을, 보다 충실하게 해보지 않겠어~! 라는, 게 됐어."

"됐어, 가 아냐."

"응? 뭔가 나, 이상한 말 했어? 말 안 했지? 료찡."

"응. 좋은 말 했어. 사이좋은 사람이랑 돌면 기쁘니까."

그렇구나. 사토 양이 옆 반에 친구가 있구나…….

하지만…… 정말로.

우리는 아사무라 군 조랑 같이 행동하는 거야?

그러면, 이 여행 동안, 계속 그를 못 만난다고 생각한 내 마음은…… 아니, 괜찮은 거야? 그거.

"그러니까. 그거 멋대로 정해 버려도 돼?"

"멋대로 정한 거 아니거든? 남자애들도 같이, 다 같이 스케줄 정할 때 사키도 있었잖아?"

"어……."

돌이켜보았다.

애당초 마아야가 조장이 된 우리 조 6명은, 반에서 개구쟁이인 남자애들 둘과, 그 둘이랑 친한 똑 부러지는 남자애 한 명. 그다지 남들과 교제가 활발하지 않은 나랑 사토 료코 양이라는 구성이었다.

조별 행동 예정표를 제출하러 갔을 때 담당 교사가 「나라사카 양 덕분에 살았어」라고 했으니까, 자연스럽게 집단행동이 서툴러 보이는 멤버를 모은 건 명백하다.

그다지 주위에 맞추는 게 특기인 타입이 아니라는 건 나도 자각하고 있었다.

그래서 마아야에겐 감사하고 있다.

그리고 그녀가 계획표를 짤 때, 행선지 후보를 볼거리까지 포함해서 정리한 자료를 만들었고, 조원 모두에게 확실하게 하나씩 확인을 하고서 정리한 것도 기억하고 있다. 빈틈이 하나도 없어서 우리는 고르기만 하면 됐다. 이 정도로 즐겁게 해주는데 불평 따위 말할 처지가 아니다.

아니지만—.

"다들 정석을 딱 골라주는 성격이라 참 다행이야. 만약 행선지가 겹치면 시간을 맞추자고 말은 해뒀지만."

"누구한테?"

"이야~, 설마 처음부터 마지막까지 똑같다니~."

아, 말 안 하네. 누구지? 아사무라 군? 아니, 그였다면 나한테 뭔가 말을 했을 거야.

"참고로 내일 센토사 섬 돌아보기도 같았어."

"내일도?"

"그래그래. 그치, 료찡?"

"응. 기뻐."

"남자들은, 뭐, 그쪽 남자들 중에 아는 사이는 없는 것 같지만. 마루 군이 커버해준다고 했지."

"……마루 군이라면 아사무라 군 친구지. 마아야는 그 사람이랑 친했구나."

"우리는 둘 다 조장이니까."

둘 다 조장이라고 그렇게 금방 친해지는 법이야?

"뭐, 이왕 이렇게 된 거, 그쪽 남자애들하고도 친하게 지내면 좋겠네. 그리고 그쪽 여자애들한테 손 못 대게 못을 박아둬야지~.”

그렇구나. 완전히 계획적이구나.

머리카락 세팅을 마친 마아야가 내 쪽으로 쓱 몸을 내밀더니, 내 무릎을 찌르면서 속삭였다.

“오빠야랑 계속 함께거든?”

입가에 손을 대고, 니히히 하고 웃음을 지었다.

“마아야! 정말! 무슨 말이야.”

내가 무심코 큰 소리를 내자, 저쪽 침대 위에 있던 사토양이 흠칫 몸을 움츠렸다. 아차. 놀라게 해버렸잖아.

“미, 미안해. 큰 소리 내서.”

“괜찮아…….”

“그렇게 됐으니 오늘은 다 함께 즐거운 동물원! 자, 얼른 아침 식사 먹어 버리고, 렛츠 고 싱가포르 주!”

한껏 카타카나 발음의 영어로 선언하더니, 마아야는 뿅 침대에서 내려섰다.

“동물들이 우리를 기다린다!”

주먹을 쭉 뻗으며 말했다.

나는 고개를 좌우로 흔들면서 어깨를 움츠렸다. 이렇게 된 마아야는 아무도 못 막아.

그렇지만, 그렇구나.

오늘은 아사무라 군이랑 같이 동물원을 돌아볼 수 있구

나…… 그렇구나.

우리가 싱가포르 동물원 앞에 도착하자, 거의 동시에 아사무라 군 일행이 다가왔다.

꼬박 하루, 만나지 못했을 뿐인데, 얼굴을 보고 안도해 버린다.

오늘은 지금 합류한 아사무라 군의 조와 함께, 다시 말해서 12명의 그룹으로 동물원과 옆에 있는 나이트 사파리를 돌아보게 된다.

가만 생각해 보면, 이렇게 인원이 많은데 같이 뭔가를 하는 건 작년 여름 풀장에 갔을 때 이후 처음인가?

아사무라 군의 친구인 마루 군과 마아야— 챙기기 좋아하는 조장 둘은, 즉석 그룹을 잘 챙겨주었다.

그릇이 크다고 해야 하는 걸까.

화제를 뿌려주기도 하고—.

"있잖아, 아사무라 군, 사키, 둘은 어떤 동물 좋아해?"

동물원을 걸으면서, 동물들을 바라보며 마아야가 말하자, 아사무라 군은 「나무늘보」라고 가볍게 대답했다. 나무……늘보?

"헤~, 뜻밖이네. 아사무라 군은 성실한 성격으로 보이잖아. 요리 같은 것도 막 도와주고 그럴 것 같은데. 그치? 사키도 그렇게 생각하지?"

"……나무늘보도 어울려."

잠깐. 가만 생각해 보니 어떤 동물을 좋아하는지 물어본 거지, 딱히 본인이 자신을 나무늘보라고 생각하는 건 아니지 않나?

하지만, 어쩐지 나는 아사무라 군이랑 같이 있을 때 편안하게 보낼 수 있다. 시간이 천천히 흐르는 것 같다고 할까. 그런 의미에서 어울린다고 말한 거지, 딱히 아사무라 군이…….

"게으르다고 하는 건 아냐."

"알고 있어."

"그럼, 됐어."

후우. 식은땀이 나네.

모두 앞에서 아사무라 군이랑 대화할 때는 괜히 긴장해 버린다. 집에서 둘이 있을 때는 그렇게 편안한데.

그리고 아사무라 군도, 나랑 대화를 굳이 삼가는 낌새가 있었다. 그래서, 이렇게 가까이 있는데, 평소 이상으로 멀리 느껴지게 되는 거지.

해가 저물어 갈 무렵, 우리는 나이트 사파리로 이동했다.

야행성 동물들을 가까이서 본 다음에, 우리는 레스토랑으로 이동해서 저녁 식사를 먹게 됐다.

뷔페 형식의 가게다. 적당하게 챙겨와서 다 같이 둘러앉은 테이블에 돌아왔다.

계속 걸어서 그런지, 아무래도 배가 고프다.

"좋은 목소리다."

마루 군이 말했다.

스테이지 위에서 노래하는 여성을 말하는 거다. 그 여성은 노래를 마치더니 스테이지에서 내려와 악기를 맡기고, 카운터로 이동했다. 그대로 칵테일 글래스를 받아서, 어째선가 우리들이 앉은 테이블로 다가왔다.

눈이 마주쳤다. 생긋 웃었다.

일본인이거나 혹은 남아시아 어딘가의 사람일까? 스무 살을 몇 살 정도 넘었을 거라고 생각한다. 느슨한 펌이 들어간 금발이 빨간 드레스의 어깨 부근까지 흘러내리고 있었다. 양 옆구리에 슬릿이 들어간 드레스에서 늘씬한 다리가 보여서, 동성이지만 가슴이 뛰고 말았다.

그녀는 우리들을 천천히 둘러보더니, 영어로 말을 걸었다.

『나는 멜리사 우라고 해. 당신들은 어디서 왔어? 일본?』

어려운 영어는 아니었지만, 꽤 말이 빨라서 그런 걸까? 다들 멍한 표정을 지었다.

『스테이지, 보고 있었지? 어땠어? 아직 수련 중인데 말야, 솔직한 감상을 들려주면 좋겠어.』

그렇게 말하고, 다시 미소를 지었다.

그러나 우리 그룹 중에 아무도 대꾸를 못 했다. 아마 영어로 빠르게 말하니까 그런 거겠지.

멜리사는 조금 기다렸지만, 조금 실망스런 표정을 지었다. 대답이 없어서 무시당했다고 생각했을지도 모른다. 영어를 모른다고 생각 못 하는 걸까? 어쩌지? 나는 어떻게 알아듣긴 했는데.

망설이고 있는데, 아사무라 군이 「아마, 너희들은 어떤 자들인가? 그런 걸 물어보는 게 아닐까 싶은데…….」라고 말했다.

그래. 그거야.

『저기…… 멜리사 씨. 우리는 일본에서 수학여행으로 왔어요.』

대답하자, 멜리사가 나를 홱 돌아보았다.

『수학여행! 그러면, 중학생? 남자애 여섯 명이랑 여자애 여섯 명이네. 다들 사이좋아 보여. 좋은걸! 그래서, 너희들 나이라면, 이런 음악 들어본 적 없니? 조금 익숙하지 않았어? 좀 더 포퓰러한, 알고 있는 노래가 더 좋았을까? 애니메이션 음악 같은 거.』

주, 중학생?

어? 우리가 그렇게 어리게 보이나?

『고교생이에요. 고교 2학년. 우리는 일본 도쿄에서 왔어요.』

일단 그것만 대답했다.

"사키, 굉장해~."

"아야세 양, 영어, 할 수 있구나."

아니아니, 다들 조금 더 천천히 말해주면 알아들을 수 있을 거야. 아사무라 군한테도, 어쩐지 의미가 통한 것 같았고.

나는 양손을 저으며, 그렇게 굉장하지 않다고 부정했다.

"그게, 방금 아사무라 군이 말한 추측이 대강 맞았어. 우리가 어느 나라에서 뭘 하러 왔는지 물어보고 있어."

그렇게 전달했지만, 마아야가 뭔지 모를 농담을 말해서 마루 군에게 태클을 받고 있었다. 마아야도 참. 봐, 멜리사 씨도 멍해졌잖아. 아사무라 군도 이상한 오해를 준 게 아닌가 걱정하고 있다.

"일본에서 온 학생이고, 수학여행으로 왔습니다. 그렇게 대답했으니까 안심해."

"시시해~."

"마아야, 오해를 사서 어쩌려고. 그래서 이 사람 이름은 멜리사 우래."

그리고 그녀가 자기 노래 감상을 듣고 싶어 한다는 것을 모두에게 말했다. 모두의 감상을 어쩐지 내가 영어로 전달해야 하는 흐름이 되고 있었다.

"아사무라, 너는 어때?"

심장이 두근 뛰었다. 하필이면 아사무라 군의 말부터 통역하게 될 줄은 몰랐어. 그리고 아사무라 군이라면 단어를 잇

기만 해도 자기 의사를 전달할 수 있을 것 같기도 한데…….
아차— 제대로 들어야지.
나는 아사무라 군의 말을 들으면서 머릿속으로 영문을 조립했다. 요즘은 영어를 듣고 영어로 생각하는 버릇을 들여서 그런지, 마치 영어 필기시험에서 일본어 문제를 읽고 영문을 만들 때 같은 위화감이 있어서 오히려 고생해 버린다…….
그렇게 생각하자, 머릿속에서 언제나 2개 국어를 오가고 있을 동시통역이란 일은, 그냥 번역을 하는 것하고 다르게 힘든 것 아닐까?
『멜리사 씨, 그는 이렇게 말했어요. 어제도 같은 노래를 했었죠. 그건 민속 음악인가요? 대단히 멋진 노랫소리라고 생각했어요.』
아사무라 군은 감상을 짧은 문장으로 나눠서 말해주었다. 덕분에 영어로 하기 쉬웠다.
『아아, 그는 어제 박물관에 왔었구나?』
『그래요.』
『그렇구나. 그러면, 내 노래를 듣는 건 두 번째가 되네. 응. 지금 노래한 건 이 근처에서 옛날에 유행했던 노래야. 이쪽에서는 제법 들을 기회가 있을걸. 잘 부른다가 아니라 노랫소리가 멋지다고 말해서 칭찬해준 게 기쁘네. 고마워.』
나는 그녀의 대답을 일본어로 전달했다.
통역하기 전에, 그룹의 몇 명이 희미하게 고개를 끄덕인 것처럼 보였다. 그들은 어쩐지 모르게 영어를 알아듣고 있을 가능성이 있다. 다른 사람들은 내가 전달하는 말을 듣고 그녀가 감사하는 것을 이해해준 모양이다.

마루 군이 재촉할 것도 없이, 차례차례 감상을 말했다. 나는 그것을 가능한 틀리지 않도록 영어로 그녀에게 전달했다. 조금 복잡한 말이면 머리가 스톱되고 말아서, 해당하는 영단어와 관용구, 문법을 머릿속에서 검색하는데 시간이 걸렸다.

한 차례 모두의 감상이 나온 참에, 그때까지 휴대전화를 보며 뭔가 꾹꾹 누르고 있던 마아야가 확 고개를 들었다. 멜리사 쪽으로 휴대전화를 내밀어 화면을 손가락으로 조작했다. 평소에는 전화로 사용하는 전자 단말기로부터 기계음성이 흘러나오기 시작했다.

꽤 긴 문장으로 된 영어였다. 마아야는 자기가 만든 일본어 감상을 영어로 번역하여, 그것을 TTS로 읽은 모양이다. 처음에는 놀란 표정을 지었던 멜리사가 집중해서 듣고 있었다.

감상의 내용은 마아야답게, 그녀 자신의 감성이 멜리사의 노래를 어떻게 받아들이고 뭘 느꼈는가를 솔직하게 말하고 있었다.

멜리사는 그걸 듣고, 중간부터 생글생글 미소를 지었다.

완벽하게 번역됐는지 아닌지는, 애당초 원문을 모르니까

나도 모르겠지만, 기계가 읽는 음성을 들어본 바로는 이상한 곳이 없어서, 편리한 시대구나 하고 새삼 생각해 버렸다. 뭐, 내가 같은 일을 하려고 해도, 애당초 플릭으로 저렇게 긴 문장을 치는데 시간이 걸리겠지만.

"이럴 거면 처음부터 마아야한테 부탁하는 편이 좋았겠어."

자신의 고생이 조금은 필요 없는 것이었단 생각이 들어서 불평 같은 것이 나와 버렸지만, 마아야는 그렇지 않다고 금방 부정했다.

휴대전화의 기계 번역&기계 읽기로는 감정도 표정도 실을 수가 없다고.

그렇구나.

"봐, 사키한테 감사하고 있잖아."

마아야가 말하자, 마치 마아야의 말이 들린 것처럼 멜리사는 의자에서 일어나 테이블을 돌아서 나에게 다가왔다. 어깨를 가볍게 끌어안고, 말했다.

『당신, 이름은? 아까부터 들어보니까, 사키, 가 맞아?』

『아, 네. 사키 맞아요.』

아, 이름은 알아들었구나. 나는 순순히 그렇게 생각했다.

『응, 큐트한 이름인걸! 사키, 당신 덕분에 일본의 고교생에게 생생한 감상을 들을 수 있었어. 엄청 감사하고 있어!』

웃으면서 어깨를 두드리니까 조금 아프다. 하지만 그녀의 기뻐 보이는 얼굴을 보고, 이것이 그녀의 스킨십일 거라고 생각했다.

『저기, 사키. 나는 당신의 감상을 못 들었어.』

그러고 보니, 그렇네.

『좋았어요. 대단히.』

『그래~. 고마워. 싱가포르는 어때? 좋은 곳이지. 즐기고 있어?』

『네. 이렇게 예쁜 도시라고는 생각 못했어요. 조금 덥지만.』

『아하하. 그야 일본은 지금 겨울이니까! 있잖아. 당신들은 모두 사이가 좋아 보이는데, 이중에 사키의 연인은 있어?』

『네?!』

여, 연인?

『그래. 있지? 사키, 당신 아주 미인인걸. 주변에서 내버려 두지 않을 거야. 가르쳐줘. 누구랑 누가 사키의 연인이야?』

어? 어?

누구랑 누구라는 건, 어떤……. 어? 내가 뭔가, 잘못 들었나?

『그 표정은…… 있구나?』

나는 반사적으로 아사무라 군의 얼굴을 보고 말아서, 황급히 눈길을 돌렸다. 아니, 잠깐 기다려. 왜 그렇게 프라이빗한 걸 함부로 묻는 거지, 이 사람. 아니면, 내가 영어를 잘못 이해한 걸까?

분명히 멜리사가 사용하는 영어는 내가 평소에 익숙하게

들었던 것보다, 상당히 알아듣기 어려웠다. 구어체라서 그런지, 아니면 싱가포르 억양이라 그런지, 아니면 그녀가 쓰는 영어가 독특한 건지, 거기까지는 모르겠지만. 특히 지금은 상당히 프랭크하게 말하고 있는 것 같으니까. 그래서 내 해석이 잘못됐을 가능성도 있다. 있지만.

『여, 연인 없어요!』

『그래?』

눈을 가늘게 뜨면서 미소를 지었다. 알고 있으니까 자백해 버려, 라고 말하는 것 같은 표정으로 말한다. 아아, 이건 분명히 말로만 들어서는 전달되지 않겠구나 생각이 들어서…… 마아야의 말이 옳았어! 가 아니라—.

내가 가벼운 패닉에 빠져 있는데, 멜리사가 문득 어깨에 올렸던 손을 떼었다.

다가온 남성이 멜리사의 이름을 불렀다. 멜리사는 그 남성에게 뛰어들더니, 갑자기 우리들 눈앞에서 키스를 나누었다.

놀란 심장이 입에서 튀어나오는 줄 알았다.

두근거려서 몸을 확 틀어 등을 돌려 버렸다. 그러자, 모두의 얼굴이 눈에 들어왔다.

놀란 표정을 지으면서도, 모두 멜리사의 키스를 보고 있었다.

"야, 남자들! 빤히 쳐다보지 마!"

그러는 마아야가 제일 몸을 내밀고 있었다.

나는 조심조심 시선을 되돌렸다.

아직도 하고 있어.

멜리사와 상대 남자는, 서로의 팔을 상대의 몸에 돌려 찰싹 몸을 붙이고 있었다.

천천히 얼굴을 떼고 멜리사가 나를 보았다.

『당신들은, 어디 묵고 있어?』

멍하니 있다가 한순간 반응이 늦어 버렸다.

숙박처를 묻고 있다는 것을 깨달았다.

나는 마아야랑 의논해서, 가까운 버스 정류장을 대답했다. 그 정도라면 가르쳐줘도 문제없겠지.

멜리사는 그걸 듣고, 자기 집도 같은 방향이니까 같이 가자고 말했다.

이제는 돌아가기만 하면 되니까, 우리는 승낙했다.

그리고 버스에 타고서 나는 멜리사와 계속 영어로 대화했다.

설마 이런 형태로 영어 회화 실전을 하게 될 줄은 몰랐지만, 애당초 내 목적을 달성한 것은 기쁘다. 멜리사가 사용하는 영어에는 슬랭 같은 말도 많아서 전부 이해했다고 할 수는 없지만, 그래도 나름대로 의사를 나누는 것에 성공한 것 같았다.

얘기한 내용은 뭐, 별 것 아니었다.

지금, 일본에서 뭐가 유행하고 있는지. 서로 좋아하는 노래는 무엇인지. 멜리사는 일본의 애니메이션이나 만화를 좋아하는지, 몇 갠가 그런 화제도 나왔지만, 나는 자세히 모르니까 대답할 수가 없었다.

마아야에게 물어보면 좋았을걸.

하지만 마아야는 모두를 챙기고 있으니, 꽤 바쁘다.

멜리사랑 키스를 했던 남자친구는 레스토랑에서 헤어진 뒤 안 보인다. 돌아가는 방향이 다른 거겠지.

호텔 근처의 버스 정류장에서 동시에 내렸다. 멜리사는 우리들과 헤어져서, 길 너머에 건너갔다. 또 만나면 좋겠다고 손을 흔들면서.

우리는 그대로 호텔로 돌아왔다. 마루 군네 조 여자애들과 이야기를 하면서 로비까지 돌아갔다. 오늘 하루는 서로의 얼굴과 이름을 기억하는 정도까지는 친해졌으니까, 이건 나에게 커다란 진보일 거야.

마아야랑 같이 있으면 어느샌가 아는 사람이 늘어나는 것 같아.

프런트에서 열쇠를 받아 헤어진 뒤 방으로 돌아오는 동안, 스마트폰에 차례차례 메시지가 왔다.

그룹 토크 룸에 「오늘 즐거웠어」라거나 「잘 자」라거나. 그런 별 것 아닌 말들뿐이지만, 그래도 보고 있으면 마음이 따스해진다.

나도 「즐거웠어요」라고 쳤다.

그리고 여자애들끼리만 만든 그룹 쪽에는, 활짝 웃는 고양이 스탬프를 써봤다. 이거, 마아야가 자주 쓰는 거란 말이지. 그랬더니 차례차례 모두 스탬프를 쓴다. 제각각 웃는 것들이지만, 모두 다른 캐릭터다. 이런 점에서 그 사람 다움이 나오는 거구나. 마아야 것은, 잘 모르는 험상궂은 로봇이 으하하 하고 웃고 있었다. 이건 뭐지?

방으로 돌아와 룸 웨어로 갈아입었다. 주름이 지지 않도록 옷을 잘 정리해서 걸어놓고, 스커트가 미묘하게 찢어져 있는 걸 깨달았다.

다행히 구멍이 뚫린 건 아니다. 재봉이 좀 풀린 느낌.

동물원이나 사파리에서, 가지에 걸려서 힘이 들어간 걸지도 모른다. 눈에 띈다고 할 정도는 아니지만 신경 쓰이고, 내버려두면 더 벌어질 것 같다. 응급처치를 해두는 편이 좋겠어. 제대로 고치려면, 일본으로 돌아가서 가게에 부탁하는 수밖에 없을 거라고 생각하는데.

나는 트렁크를 뒤져보고 내 미스를 깨달았다. 재봉 세트를 안 가져왔어. 어쩌지. 같은 방의 누군가에게 빌릴까? 마아야나 사토 양이 가지고 있을 것 같아.

"저기……."

고개를 들어 말을 걸려다가, 사토 양이 누군가랑 LINE

통화로 대화하는 걸 깨달았다. 아마, 미오 양이라는 여자애다. 오늘 일을 돌이켜보는 모양이다. 언제나 조용하고 얌전한 그녀 치고는 웃음소리를 내며 즐겁게 이야기를 하고 있어서, 대화를 끊는 게 미안하단 생각이 들었다.

마아야는…… 꾹꾹 휴대전화로 뭔가 놀고 있어.

으음~. 방해하기 미안하네.

시각을 확인했다.

아직 아슬아슬하게 외출할 수 있는 시간. 물론 밖에 나갈 수는 없다. 다만, 호텔의 부지 안이라면 용납되고, 부지 안에 일본에서도 익숙한 편의점이 있었다.

어쩌면 재봉 세트가 있을지도 몰라.

지갑을 바디 백에 넣고, 나는 마아야에게 편의점 간다고 한 뒤 방을 나섰다.

중간에 만난 인솔 교사에게 사정을 설명하고, 호텔의 1층에 내려갔다.

부지 안이라지만 바깥 도로와 대면하고 있는 편의점이다. 입구가 둘 있어서, 도로 쪽에서 평범하게 손님도 들어올 수 있는 구조였다. 내가 재봉 세트를 찾으려고 가게 안을 서성이며 걷고 있는데, 문득 「사키!」라고 누가 말을 걸었다.

돌아보자, 페트병을 한 손에 들고 웃는 여성이 있었다.

멜리사였다.

그녀가 들고 있는 바구니에는 음료나 포테이토칩 같은 것이 산더미처럼 담겨 있었다.

『와우! 이 호텔이었어? 이런 우연이 다 있네. 시간 있어? 조금 더 얘기 안 할래?』

『그게…….』

조금 망설였지만, 영어 회화를 시도할 찬스라고 생각하니 거절하는 것도 아깝게 느껴졌다. 조금이라면 OK라고 했다. 멜리사는 편의점 정산을 마치고, 대량의 과자의 음료를 옆에 서 있던 남자에게 맡겼다. 어라? 하고 생각했다. 친근하게 대화하는 그 사람이 레스토랑에서 만난 남성이 아니었기 때문이다.

레스토랑에서 키스를 했던 남성은 아시아계의 흑발 직모의 마른 신사였는데, 이쪽은 드레드 헤어의 몸집이 작고 명랑해 보이는 오빠란 느낌. 가족은 아닌 것 같아. 생김새가 너무 다르다.

받아 든 그 오빠는 멜리사의 볼에 키스를 하더니, 봉투를 양손에 들고 편의점에서 나섰다.

『괜찮은가요?』

『응? 뭐가?』

『친구가 기다리잖아요.』

『괜찮아. 어차피 이 다음에 계속 함께니까. 그리고 친구가 아냐. 연인.』

어? 어?

잘못 들은 걸까? 지금 연인이라고 했나?

혼란에 빠지면서도, 편의점에서 재봉 세트를 구입했다. 덤으로 캔 커피를 하나 사서, 멜리사와 함께 로비의 대합 스페이스로 이동했다.

여기라면 10분 정도 대화해도 문제없겠지. 주변에 사람도 없고.

둘이서 의자에 앉은 참에 휴대전화가 떨렸다. 통지가 팝업되고 메시지 첫 몇 줄이 눈에 들어왔다. 마아야다.

『혹시 바빠?』

멜리사가 방해한 건가 싶은 표정으로 말하기에, 괜찮다고 대답했다.

카드 게임을 하자는 거였다. 10분 정도 늦어도 문제없을 거야. 만약을 위해 답신은 해두지만.

내가 휴대전화 메시지를 치는 사이에, 멜리사는 하나만 따로 챙겨온 캔의 풀탭을 경쾌한 소리를 내며 당겼다. 푸슉, 하는 희미한 소리와 함께 거품이 일어나자, 멜리사는 재빨리 입술을 댔다. 꿀꺽. 맛있는 기색으로 들이킨다. 맥주일까? 아니면 발포주? 희미하게 알코올의 냄새가 난다.

『응? 사키도 마실래?』

『아뇨. 미성년이니까요.』

『어라? 일본에서는 18세부터 성인 아니었나?』

잘 아시네. 하지만, 그건 오해입니다.

『음주나 담배가 가능해지는 연령은 그대로거든요. 그리고 어느 쪽이든 저는 아직 17세니까 안 돼요.』

『그랬었구나. 미안. 그러면 마시러 가자고 할 수가 없네.』

『그것도 통금 시간 있으니까 무리네요. 불러주는 건 기쁘지만요.』

『통금! 우와~, 그런 거 있구나. 그러면, 연인이랑 만나는 건 낮뿐이네.』

그건 유감이네. 진심으로 동정해준다.

그리고 낮에만 만날 수 있으면, 섹스도 시간이 부족하겠네. 라고 말했다.

……어?

『어라? 이해 못했어? 내 발음 이상해?』

아니, 그게 아니라. 어쩐지 지금, 일반적으로 이런 곳에서 물어보면 안 되는 말을 들은 것 같은데…….

멜리사는 나한테 말이 전달되지 않았다고 생각했는지 눈썹을 찌푸리며 난처한 표정을 지었다.

『응~. 사키라면 괜찮을까.』

『……뭐가요?』

그렇게 영어로 물어봤더니—.

"그러니까. 성교. 베드 인. 정을 통한다, 였나? 알아듣겠어?"

갑자기 「일본어」로 말했다.

"무, 무슨 말을 큰 소리로 하는 건가요."

멜리사는 양손을 펼쳐 귀를 막았다.

"사키가 훨씬 시끄러워."

퍼뜩 깨닫고, 나는 조심조심 주위를 둘러보았다.

다행히 이곳에는 몇 명의 관광객 밖에 없다. 아무도 우리를 주목하지 않았다. 다행이야.

"멜리사 씨, 지금 일본어……."

"아~. 응. 조금 알아. 나, 반은 일본인이니까."

"어."

그 말에, 새삼 그녀를 보았다. 아시아계의 생김새라고 생각했지만. 머리칼은 금발이고 피부는 갈색에 가까워서 의표를 찔렀다.

"정확하게 말하면, 엄마가 대만쪽이고 아빠가 큐슈 사람. 일본에 유학했을 때 만났대."

"그러셨군요."

그리고 그녀는 조금 복잡한 그녀의 태생을 나도 알 수 있도록, 일본어로 바꾸어 이야기해 주었다.

그녀 말에 따르면, 대만에서 태어난 어머니가 일본으로 유학해서 아버지랑 만났다. 그대로 졸업한 뒤에 결혼하여, 일본에서 멜리사를 낳았다고 한다. 그래서 그녀는 일본 국적도 가지고 있다.

의매생활 7
©Ghost Mikawa 2022 Illustration : Hiten
KADOKAWA CORPORATION
[NOT FOR SALE]

NOVEL

학생 시절을 일본에서 몇 년 지낸 적이 있으니까, 일본어도 일단 말을 할 수 있다고 한다.

"내 본명은, 우 메이쉔이라고 해. 아까 그도 그렇게 불렀잖아. 멜리사는 잉글리시 네임."

아까 그라는 건 편의점에 같이 있던 사람이겠지. 하지만, 그 남성이 멜리사를 어떻게 불렀는지는 기억에 없었다.

"그러면, 메이쉔이라고 부르는 편이 좋을까요?"

"사키라면 어느 쪽이든 상관없어. 하지만, 가능하면 멜리사라고 불러줘."

그렇게 말했을 때 표정에 조금 그늘이 있었다.

……무슨 이유가 있는 걸까?

신경이 쓰인다. 내 안색을 읽은 걸까? 멜리사는 생각에 잠긴 표정을 짓고 이렇게 물었다.

"사키는 말야, 연인 몇 명 정도 필요한 타입?"

지금…… 몇 명이라고 했나요?

"보통 연인은 한 명 아닌가요?"

그렇게 답하자, 멜리사는 상당히 크게 한숨을 쉬었다.

"아~. 그 대답이 나오는구나~."

멜리사의 말이 나는 뜻밖이었다.

"어떤 의미인지, 물어봐도 돼요?"

"나는 연인이, 둘 이상 필요해."

"네?"

"그렇게 놀랄 일이야?"

"저는 놀라요."

"하지만, 사람을 좋아하게 되는 이유는 하나가 아니잖아."

멜리사의 말을 생각했다.

좋아하게 되는 이유?

상냥하다거나, 멋지다거나, 얼굴이 좋다거나. 그런 걸까?

"그래. 취미가 맞는다거나. 궁합이 좋다거나."

"아아, 성격이—."

"몸의 궁합이야."

아니었다.

"그런 좋아하게 되는 요소를 한 명이 전부 가지고 있다고 할 수는 없어."

"그건…… 그렇지만요."

그런 만능인 사람이 있으면 한 번 보고 싶다.

"그러면, 좋아하게 된 사람이 한 명인 게 부자연스럽잖아."

"어어……?"

그건 발상이 너무 비약된 거 아닐까?

"예를 들어, 아까 그 명랑한 그는 술의 취향이 잘 맞아."

편의점에서 만난 남성이라고 짐작이 갔다.

"술친구라는 건가요."

"몸의 궁합도 좋아. 아아, 침대 위 얘기야. 내가 좋아하는 걸 전부 해줘."

그, 그건 해설하지 않아도 돼요. 참, 감추는 게 없네.

볼이 뜨거워진다.

"그러면, 레스토랑의 그 사람은……."

"그도 음악을 하거든. 음악성이 맞는다는 걸까? 나는 그가 만드는 음악을 더 많은 사람에게 들려주고 싶다고 생각해. 하지만 그는 아무리 사랑을 속삭여도, 내 몸에는 흥미가 없어."

그런 일도 있구나.

"좋아하는 이유가 하나라면, 크고 작음을 비교할지도 몰라. 보다 큰 쪽을 고르면 되지. 하지만, 이유가 하나가 아니라면 고를 수 없잖아."

"논리는 알겠는데요……."

"사키도 이상하다고 생각해?"

"아뇨—."

이해할 수 없다고 해서 부정한다. 그런 부조리한 것을 하지 않을 분별은 있었다. 자신의 윤리관은 자신을 위해서 있는 것이지 남에게 강요하는 것이 아니다. 성애 같은 센시티브한 장르라면 더욱 그렇다.

"—부정은 안 하지만, 다만, 신경은 쓰여요. 그 논리에 따르면, 자기가 한 명을 고를 수 없는 것처럼 상대도 고를 수 없게 되니까요."

"맞아."

멜리사가 간단히 말했다.

“그렇다면, 당신 상대도, 당신 말고도 좋아하는 상대가 있어도 이상하지 않은 것이 되죠.”

“그건 그래.”

당연하잖아, 라는 뉘앙스로 말해버리네.

“그러니까 저기……. 그러면, 당신에게 복수의 사귀고 있는 상대가 있는 것을 그들은…….”

“알고 있어. 안 그러면 페어하지 않은걸. 납득해주는 상대가 아니면 성립하지 않는 거잖아. 이런 건.”

그렇게 웃으며 말하자, 나는 말을 잃었다.

생각해본 적이 없는 가치관의 소유자. 그런 사람을 처음 만난 것 같아. 멜리사와 비교하면, 쿠도 준교수의, 로직으로만 만들어진 가공의 윤리관이 더 받아들이기 쉽다.

“네가 이걸 이상하다고 말하지 않아서 기뻤어.”

퍼뜩 고개를 들었다.

멜리사가 시선을 내리고 조용히 말했다.

“일본에서 살 때는 아무도 이해는커녕, 이야기도 들어주지 않았으니까. 그게 갑갑해서 이쪽으로 왔거든. 하지만 이쪽에서도, 내가 일본에서 왔다는 걸 알면, 그것만으로 정숙함을 바라는 사람이 많다는 걸 깨달았어.”

금발에 갈색 피부라도, 멜리사는 약간 자중하면서 말했다.

“그래서, 잉글리시 네임이군요?”

멜리사가 고개를 끄덕였다. 머리칼을 물들이고, 화장도 그쪽으로 하고 잉글리시 네임을 획득했다. 그러고서야 드디어 이해해주는 사람들과 만나기 쉬워지고, 마음 편하게 커뮤니티 안에 몸을 둘 수 있었다고 한다.

멜리사는 영어, 중국어, 일본어 3개 국어를 할 수 있다고 했다. 그러나 굳이 평소에는 영어만 말하고 있다고 한다. 그걸 듣고, 나는 멜리사를 조금 이해할 것 같았다.

내가 머리칼을 밝게 물들이고 옷에 신경을 쓰는 것도, 본래 내 몸이 되고 싶은 자신과 조금 어긋나 있기 때문이다. 주위가 몸에 어울리는 이것저것을 말하기 때문이었다.

요미우리 시오리 씨 정도로 씩씩함이 있다면, 그런 식으로 어떤 의미로 본바탕의, 일본풍 미인의 외견을 유지한 채 자기를 관철할 수 있을지도 모른다.

그러나 나는 알고 있다. 나는 그 정도로 강하지 않아.

자신이 바라지 않는 방향으로 끌려가지 않기 위해, 나는 무장을 하기로 한 것이다.

"사키를 봤을 때 어쩐지 직감을 느꼈어."

"어……."

"나랑 닮았다고."

레스토랑에서 눈이 마주쳤을 때 웃었던 것을 떠올렸다.

"그래서 얘기하고 싶었어. 추측이 절반쯤 맞았고, 반은 틀렸다고 생각해. 사키는, 꽤 참고 사는 성격이구나."

"그렇게, 보이나요?"

"보여."

부정하는 것은 쉽다. 의미는 없지만.

"사키는, 타인의 시선, 사회의 분위기, 그런 걸 상당히 신경 쓰고 있어."

"그렇, 네요."

이 여행을 하면서, 타인의 눈길을 신경 써서 나는 아사무라 군과 그다지 얘기를 못했다. 그걸 떠올리면 자신이 이것저것 사양한다고 해도 반론할 수가 없다.

"갑갑하지 않아?"

그 말을 듣고, 무심코, 확 열이 올라 말해버렸다.

"일본어를 하지 않는다, 라는 선택을 취하는 것도 갑갑하다고 할 수 있지 않아요??"

"제멋대로 행동할 수 있는 장소를 가지지 못하면 파열하고 말 거야— 라고 말한 거야."

밀쳐내는 어조로 말했는데, 상냥한 어조로 대답해온다. 나는 자신이 정곡을 찔린 것을 새삼 자각했다. 부끄러웠다.

"자신이 제멋대로 살아가도 불평 듣지 않는 커뮤니티를 발견해두는 거야."

제멋대로 살아가는 게 아니라, 인생의 세이프 하우스를 발견한다. 그런 의미일까?

마지막으로 그 말을 남기고, 멜리사는 남자 친구 곁으로 돌아갔다.

술을 마시고, 스낵을 먹으면서, 오늘 밤은 둘이서 밤새 애니메이션을 볼 거라고 했다.

마시다 남은 캔 커피를 들이켰다.

상큼함이 없는 달콤함이 혀 위에 남았다. 이럴 거면 무가당으로 살걸 그랬어.

방에 돌아오자, 마아야가 사토 양한테 카드 게임에서 엄청 지고 있었다.

"그러니까, 사키도 같이 하고 싶었는데~!"

대패를 피하고 싶으니까 나도 같이 한다는 건 동기가 불순하다고 생각하는데.

"그치만, 사키는 이 게임 잘 못하잖아. 언제나 두 장 뽑고, 네 장 뽑고, 기껏 날 것 같을 때도 선언을 잊어서 지잖아."

분명 그렇긴 한데.

언제나, 는 아냐. 어쩌다가야. 어쩌다가.

"저, 저기, 한 번 더 할까? 그러면 나도 조금 봐줄 테니까."

"게임에서 봐주면 기쁘지 않아!"

"아, 죄, 죄송합니다."

시무룩. 풀이 죽은 표정이 되는 사토 양. 마아야가 보기 드물게 당황했다.

"아, 아냐, 료찡. 료찡은 잘못 없어! 잘못은, 자, 이쪽의 무서~운 언니야가 한 거지."

"누가 무서운 언니야인데?"

"사키?"

"의문형으로 말하지 마."

"사키가 있어주면, 봐주지 않아도 나도 이길 수 있어!"

사실일지도 모르지만—.

"그거야 모를 일이지."

"말했지. 그러면, 마지막으로 한 번만 더 하자!"

"이제 슬슬 목욕 안 하면 소등 시간에 늦을 것 같은데."

"한 번 마안. 딱 한 번만 더어!"

하아, 어쩔 수가 없네.

내가 굽혀주기 전부터 마아야는 카드를 나눠주고 있었다. 결국, 한 번 더 해서, 사토 양이 이겼다. 나는 접전 끝에 마아야에게 간신히 이겼다.

"어라라? 이상하네."

"자, 목욕해야지. 둘 다."

"나는 벌써 했어."

사토 양은 먼저 목욕을 마친 모양이네. 장하다.

"그럼 사키, 같이 하자."

"왜 같이."

"안 그러면 소등 시간에 늦잖아?"

나는 시계를 보았다.

분명히 순서대로 할 시간이 없네.

"얼른얼른."

"그래 알았어."

다행히, 이 방의 목욕탕은 욕실 자체가 넓다. 유닛배스의 욕조 밖에서 아슬아슬하게 몸을 씻을 수 있을 것 같다. 수수하게 일본인에게는 고마웠다.

샤워로 간단히 몸을 적시고, 나부터 몸을 씻었다.

마아야는 첨벙 욕조에 들어갔다.

"방에 돌아올 때까지 꽤 길었네에. 무슨 일 있었어?"

"아~, 응. 그게 말이지……."

몸을 씻으면서 나는 방에 돌아오기까지의 일을 얘기했다. 편의점에서 멜리사와 재회하여, 잠시 로비에서 이야기를 했다고.

"호오. 연인이 두 사람이라~. 그렇구나, 좋아하게 되는 이유가 다수 있으면 그 이유를 동시에 가진 사람이 없는 한, 좋아하게 되는 상대가 다수가 될 수밖에 없다, 라는 것이오이까."

"그런 내용이었는데, 그 말투는 뭐야?"

"뭐, 상대가 허용하고 있다면 페어한 거 아닐까~? 매칭의 문제뿐이야."

그렇게 말하며 마아야는 욕조에서 일어섰다.

데운 물이 몸을 따라 흘러 떨어져 배꼽 부근까지 보였다.

이 녀석, 타월로 제대로 가리세요. 몸을 씻은 나는 마아야와 교대하여 욕조에 들어갔다. 역시 몸이 잠길 정도로 데운 물을 채워야, 일본의 목욕이란 느낌이 나서 안도한다.

마아야가 몸을 씻는 것을 욕조에 잠기면서 멍하니 보았다.

아아, 어쩐지 오늘은 엄청 지쳤어.

따끈한 느낌으로 열이 오른 머리로 멍하니 물었다.

"매칭?"

"이쪽이 좋아도 그쪽이 싫어할지도 몰라. 반대도 있을 거란 얘기지. 합의가 되고, 해가 없다면 문제없지만."

"해?"

위험한 말이네.

"극단적인 케이스를 생각해보면 알지~. 세상에 남성이 한 명이고 여성이 다수만 살아남은 경우나, 남성이 다수고 여성이 한 명만 남았다거나. 그런 세계에서 일부일처제를 외쳐도 인류가 절멸해 버리잖아."

분명히 극단적이네.

뭐, 하고 싶은 말은 알겠어.

"다시 말해서, 그 경우는 현재 일본에서 가장 평범한 모럴이라고 생각하고 있는 일부일처제를 지키려고 하면 폐해가 생긴다는 거야."

모럴은 세상에 따라 사람에 따라 다르다. 당연한 이치다. 쿠도 준교수라면, 그런 식으로 간단히 흘려버릴 것 같아.

"그래그래. 물론 반대도 있어. 그러니까 어떤 모럴도 타인의 권리를 침해하지 않는 한 가능한 보존하려는 것이 성숙한 세계라는 거야."

"흐응."

"……라고, 요전에 본 SF 애니메이션에서 그랬어."

"마아야의 인용은 애니매이션에서밖에 없니?"

"특촬물도 있어."

"좁구나."

"넓어. 말해볼까?"

"됐어."

그러면 밤을 새도 안 끝날 테니까.

"뭐, 당사자가 납득하고 있다면 된 거 아냐? 납득했다면. 하지만, 예를 들어, 사키라면—."

그때 나는 욕조에 너무 오래 있어서 조금 멍했으니까, 사고가 완전히 빈틈투성이였다.

"—아사무라 군이 바람피우면 싫지?"

"절대 싫어."

말하고서 아차 싶었다.

퍼뜩 고개를 들어 마아야의 얼굴을 보자 씨익, 하고 회심의 미소를 짓고 있었다. 아무래도 좋은 일이지만, 샴푸로 머리에 거품이 올라간 마아야의 웃음은 조금 공포스러웠다.

"말해버리셨군."
"으…… 그게."
"흐흥. 이제 와서 숨기지 마~."
"하, 하지만. 남매가 그런 거…… 이상할 것 같아서."
사이좋은 친구니까 들켰을 때가 걱정이 됐다고 해야 할까.
"이제 막 성립된 피도 안 이어진 의붓 오빠랑 여동생은, 거의 남이라고 생각하는데. 물론, 그렇다고 해서 모든 의붓 오빠랑 여동생이 그런 관계가 되는 건 아냐."
"으, 응. 그렇지……."
"사키도, 처음부터 그런 눈으로 본 건 아니지? 굳이 따지자면, 더 드라이하게 딱 쪼개지는 여동생 포지션으로 있으려고 하지 않았어?"
맞는 말씀입니다.
마아야는 어째서 나를 이렇게 잘 아는 걸까?
"알기 쉬우니까."
"그, 그래?"
"나는 말야."
그렇구나.
"역시, 그냥 남매가 아니라, 그런 관계가 되어 버렸구나란 느낌이야."
"으으…… 그 정도야?"
다 들켰나.

어쩐지, 들키면 어떡할까 걱정했던 만큼, 안도했다기보다 피로가 확 몰려온 느낌이야.

"그래서?"

"그래서? 어?"

"바람이 싫으면, 제대로 고삐를 쥐어야지. 하고 있어?"

"뭐, 뭘?"

"데이트 같은 거."

"아, 그쪽이구나."

말하고서, 더욱이 아차 싶었다. 대체 뭘 물어본다고 생각한 거지, 나는.

"그쪽이 아니라도 좋지만. 그런 이야기는 나중에 베개를 나란히 놓고 느긋하게 물어볼 거니까."

"아무 일 없었어."

"아, 그런 건 됐고. 그러니까, 기껏 단둘이 여행을 온 거잖아."

"단둘이 아니잖아. 수학여행이야."

"내일은 젊은이 둘이서 마음껏 데이트를 해보면 어떻겠는고~. 자, 다행히 내일은 아사무라 네도 센토사 섬이라고 했잖아. 자유롭게 행동할 수 있어."

"그런 건."

해도 되는 걸까?

"자유롭게 냅두면, 아사무라는 같은 조의 여자애들이랑

돌아볼지도 모르거든~."

음.

"최근에, 아사무라의 복장 같은 것도 꽤 신경을 쓰잖아~. 전보다 대화하기 쉬워졌단 말도 들리고?"

으음.

"그래?"

"……라고, 내가 말했어."

"네가 말한 거니."

그게 뭐야.

"뭐, 나는 조의 모두가 즐거운 추억을 가지고 돌아갈 수 있으면 만족이야. 하지만, 그 모두에 사키도 들어 있잖아. 그러니까…… 사키 스스로는 어떻게 생각하는데?"

샤워로 거품을 씻어낸 마아야는, 머리칼을 얼굴에 착 붙인 채 나를 보았다. 생긋 미소를 지었다. 치사해. 그런 식으로 말하면…….

"아사무라 군이랑 둘이서 돌아보고…… 싶어요."

우후후. 콧김을 흘리면서 마아야가 웃었다.

"네. 참 잘했어요."

"우우우. 창피해."

하지만 이런 식으로 시시한 이야기를 하면서도 신경을 써주는 마아야의 얼굴을 보면, 나에게 이 애가, 멜리사가 말하는「받아들여주는 커뮤니티」중 한 명인 걸 거라고 생각했다.

마아야에게 나도 마찬가지로 되어주면 기쁜데.

"그럼, 아사무라 군한테 분명하게 말을 해야 된다?"

"알았어."

부끄러움에 죽을 것 같아서, 나는 첨벙 몸을 욕조에 깊숙하게 가라앉혔다. 눈만 물 위로 내밀었다.

고마워, 마아야…….

중얼거리자 거품이 되어 입가에서 수면으로 떠올랐다.

목욕을 마치고, 머리칼을 정성 들여 말린 다음 이불에 들어갔다.

졸음의 골짜기로 떨어지기 전에, 나는 내일 예정을 떠올려 보았다.

내일은 하루를 센토사 섬에서 보내게 된다. 조별 행동이라고 하면서도, 마아야는 마음대로 해도 된다고 내던졌다. 그건 아사무라 군네 조도 마찬가지라고 했었지.

그렇게 겹치는 일이 간단히 일어날 리 없으니까, 분명히 그쪽 조장인 마루 군이랑 마아야가 짠 거겠지. 사토 양도 그쪽 조에 친구가 있는 것 같고. 어쩌면 그 애랑 같이 섬을 돌아볼지도 모른다. 마아야는 어떻게 하는 걸까……?

충전기에 연결해둔 휴대전화를 손에 집었다.

마음을 먹고 아사무라 군에게 메시지를 보냈다. 아마, 다 같이 소란을 피우며 보낸 오늘의 열에 들뜬 거겠지. 마아야에게 등을 떠밀린 탓이기도 했다. 결국 완전히 들켜 버렸고. 그렇지. 아사무라 군한테 마아야에게 알려져 버렸다는 걸 말해둬야지.

【내일 센토사 섬, 둘이서 돌아보고 싶은데. 가능할까?】

그리고 변명하는 것처럼, 섬을 나가지 않는 한 6명이 모여 있을 필요 없고, 거의 자유행동이니까, 라는 문장을 덧붙였다.

센토사 섬에는 스이세이 고교 2학년이 잔뜩 있다. 하지만, 레저 시설도 잔뜩 있으니까, 미리 짜지 않으면 아는 사람이랑 그렇게 마주치진 않을 거야.

빠져나가서, 둘이서 만나도 분명 안 들킬 것이다.

보내고 난 후, 읽음 표시가 달리고 대답이 돌아올 때까지는 마치 영원 같았다. 이런 걸 조르면 상대에게 부담이 되지 않을까?

통지음이 울리자 심장을 콱 붙잡은 것처럼 줄어들었다.

【알았어. 우리 조에 말을 해둬야 하니까 빠져나갈 타이밍 같은, 정식 대답은 내일까지 기다려주면 좋겠어.】

막혔던 숨을 커다랗게 내쉬었다.

OK도 안 돼도 아니고, 기다려 달라는 대답이었다. 분명히 개별 행동을 할 수 있다고 해서, 계속 혼자는 아닐 테니까.

일단 거절이 아니라는 거다. 다음은…… 내일에 달렸네.

안도하자 졸음이 몰려왔다. 꾸벅꾸벅하기 시작할 무렵에

착신 통지가 울렸다.

눈을 비비면서 화면을 보았다.

【나도 아야세 양이랑 같이 돌아보고 싶어.】

어. 기뻐.

……대답, 어떡하지.

망설인 끝에 스탬프 하나만 보내기로 했다. 너무 기뻐하면, 아사무라 군한테 용건이 생겼을 때 거절하기 어려울 테니까.

내일, 둘이서 섬을 돌아보면 좋겠다고 생각하면서 눈을 감았다.

●2월 19일 (금요일) 수학여행 3일째 아야세 사키

종이에 적힌 편지를 읽으려면 불빛이 필요하다.

그러나 휴대전화의 메시지는 백라이트를 켜면 어둠 속에서도 읽을 수 있다.

아사무라 군의 메시지도, 이렇게 머리까지 이불을 뒤집어 써버리면 도착한 것조차 아무도 모른다. 타인의 호기심도 끌지 않는다. 트집 잡히지 않고 읽을 수 있다.

머리까지 이불을 푹 뒤집어쓰고 꼬물꼬물 뭔가 하고 있는 내 모습을 바깥에서 보면 어떨까— 그건 생각하지 않는다.

……답변이 없어.

뭐, 아직 6시잖아. 아침 식사는 7시부터니까, 아직 안 깼을지도 몰라. 같은 조 사람들에게 「혼자서 돌고 싶어」라고 말하는데도 타이밍이 필요하다. 그러니까 대답이 금방 오지 않아도, 그렇게 조바심 낼 건 없다.

"푸하."

이불에서 고개를 내밀고 나는 크게 숨을 내쉬었다.

옆 침대에 앉아서 머리를 빗고 있던 마아야와 눈이 마주쳤다.

"사키도 참. 이불에 파고들기 선수권이라도 하는 거야?"

그런 선수권은 없다고 생각하는데.

“역시 덥네.”

“……그렇겠지~.”

마아야의 눈길이 차갑다.

바보 같은 짓을 한다는 자각은 있다. 주섬주섬 이불에서 기어 나왔다.

몸가짐을 정돈하고, 식당에서 아침을 먹고, 그리고 휴대전화를 보지만 아직 대답이 없다. 역시 난처한 제안이었을까? 불안해진다.

한 번 더 확인하는 LINE을 보내볼까? 하지만, 너무 끈질기다고 생각할지도 몰라. 그런 생각을 했더니, 메시지를 보내지 못한 채 이동 시간이 되어 버렸다.

행선지는 같은 센토사 섬이니까, 조별 행동의 시간 안이라면 언제든지 만날 수…… 있을 거야.

조바심 안 내도 괜찮아. 나는 자신에게 그렇게 말하며 우리 조의 모두와 함께 섬으로 갔다.

싱가포르 본 섬의 남쪽에 있는 작은 섬— 센토사 섬.

레저 시설이 풍부하고, 관광 스폿으로도 이름이 높았다. 유니버설 스튜디오 싱가포르, 메가 어드벤처 파크, 팔라완 비치. 우리는 못 들어가지만, 카지노도 있다.

싱가포르 본 섬하고는 커다란 다리로 이어져 있으며, 자동차든 버스든 택시든 걸어서든 모노레일이든 케이블카든 건너갈 수 있다. 다만, 섬에 들어갈 때 입장료를 받는다.

우리들 조가 이용한 것은 버스였다.

편도 4차선의 긴 다리를 건너는 동안 계속 좌우에 펼쳐지는 파란 바다가 보였다.

섬으로 이어지는 다리만 보고 있으면, 아쿠아라인과 큰 차이가 없어 보인— 아니, 거짓말이다. 차선의 수가 전혀 다르고, 바다의 색이 남국 같다. 창밖을 바라보며 다들 들떠 있었지만, 나는 휴대전화랑 눈싸움. 몰래 아사무라 군에게 메시지를 보냈다.

【괜찮은 타이밍이 되면 연락해줘.】

빠져나갈 타이밍을 발견하면, 이라는 의미다. 아마, 아사무라 군도 우리랑 비슷한 시간에 섬으로 건너가고 있을 거야.

어쩌면—.

나는 고개를 들어 창밖을 보았다.

나란히 달리는 차가 몇 대인가 있지만, 버스는 안 보인다. 벌써 섬에 가버린 걸까? 아니면 우리들 뒤에 있을지도 모른다.

한숨을 쉴 것 같았을 때 LINE의 착신음이 울렸다. 퍼뜩 고개를 든다. 급하게 휴대전화를 들여다보았다.

【대답 늦어서 미안! 점심 뒤에 빠져나가서 만나러 갈게.】

한 줄만 있는 짧은 대답이었지만, 나는 안도해 버렸다.

다행이야. 같이 돌아볼 수 있다. 하지만, 아직 말을 못한 걸까?

나는, 아사무라 군과의 비밀의 관계가 마아야에게 들켜버렸으니, 그래서 조장인 마아야의 협력도 얻을 수 있을 것 같아. 그러나 아사무라 군은 그렇지 않다.

혼자서 섬을 돌아보고 싶다, 라고 말해도 친구들이 「에이, 같이 가자」라고 할지도 모른다.

낮에 빠져 나온다고 했으니까, 그걸 믿어봐야지.

아마 오전 중에는 친구들이랑 같이 다닐 셈이겠지. 그가 교우관계를 넓히는 것을 방해하고 싶지 않다. 오후 내내 만날 수 있다면, 그걸로 충분하다고 생각해야지—.

왜 빨리 안 왔어, 라고 말하면 안 돼.

그런 생각을 하고 있자니, 「이 대화, 어디서 들어본 것 같은데」 라고 생각했다.

그리고 돌을 삼킨 것처럼 위가 묵직해졌다.

친부와 엄마의 대화가 떠올라 버렸다.

엄마의 일은 시부야에 있는 주점의 바텐더이며, 저녁부터 가게에 나가 심야가 넘어서 귀가한다.

그건 일의 특성상 어쩔 수 없는 일이며, 아버지도 알고 있었을 것이다. 그래도, 회사를 빼앗기고 인간불신이 되어 있던 무렵의 그 사람은 주변을 모두 의심하고 있었다.

오늘도 늦는 거냐.

그렇게 투덜거리며, 탓하듯이.

매일 밤, 엄마를 탓했다.

어린 시절의 나는 아버지의 화난 목소리를 들을 때마다 몸이 움츠러들고, 겁을 먹으면서도 생각했다. 어째서 그런 말을 해서, 엄마를 괴롭히는 걸까.

그때 부조리했던 것은 틀림없이 아버지였을 것이고, 늦게까지 집에 돌아오지 않는 엄마를 탓하는 건 그만해 달라고 생각했는데.

그런 아버지에게 엄마는 묵묵히 입을 다물고 있었다.

그 무렵의 아버지에게 말대꾸를 해도, 상대의 마음에 닿지 않는 것을 엄마는 느끼고 있었던 걸 거야. 논리가 아니라 감정이니까.

휴대전화를 들여다보았다.

아사무라 군의 메시지는 아직 안 왔다.

하지만 그에게 그의 교제가 있을 거고, 게다가 지금은 학교 행사라서 개인적인 시간이 아니다. 그런 그에게 즉시 대답을 바라게 되는 나는, 제멋대로다.

알고 있다. 머릿속으로는.

돌아오지 않는 메시지에 불신을 싹 틔우는 건 부조리하다. 감정을, 억누르지 않고 토해낸 아버지처럼 되고 싶지 않았다.

손가락으로 휴대전화 화면을 더듬었다. 아사무라 군에게

메시지를 적었다.

【무리 안 해도 돼. 만날 수 있을 것 같으면 연락해줘.】

나는 휴대전화에서 고개를 들었다.

"있지, 마아야."

"응? 뭘까~? 화장실?"

"아, 아니야."

주변에 다들 있는데 이 입은 무슨 말을 하는 걸까아.

"아하~."

"아, 니, 라, 니, 까."

"아아으이까 하히히하."

탱글탱글하고 잘 늘어나는 게 조금 기분 좋은 마아야의 볼에서 양손을 떼고 나는 헛기침을 했다.

"배가 아픈 걸까 해서. 어쩐지 표정이 안 좋으니까. 아, 변비야?"

"또 꼬집어줄까아?"

"자중할게요……."

"그게 아니라, 이 다음에 행동 말인데…… 다들 어떻게 하는 건가 해서."

"아~, 그거 말야. 집합 장소랑 시간만 지키면 제멋대로 움직여도 상관없는데, 그렇게 말해도 뭐하면 좋을지 모르는 사람도 있을까 해서, 추천 관광 스폿을 찾아서, LINE의 노트에 적어뒀어."

오오~. 주위에서 감탄의 소리가 나왔다.

사토 양도 감탄하여「도움이 되네. 굉장해……」라고 중얼거렸다. 확실히, 제멋대로 움직여도 된다는 언질을 얻었다면, 땡땡이쳐도 화내는 사람이 없을 텐데. 만에 하나를 생각해 이렇게 준비도 해두다니. 새삼 보살핌력이 높다는 걸 느꼈다.

"추천은, 다리를 건너 곧장 보이는 유니버설 스튜디오. 서쪽으로 조금 이동하면, 메가 어드벤처 파크라는 곳이지."

"흐응. 둘 중에 더 추천하는 쪽 있어?"

내 질문에 마아야는 팔짱을 끼고 생각하는 포즈를 취했다.

"어느 쪽에 가든, 둘 다 어차피 하루 만에 다 돌아볼 수 없으니까 비슷하지 않을까~. 꼭 체험하고 싶은 어트랙션이 있다면 다르지만."

"그렇구나."

"집합장소랑 시간은 공유해뒀어. 돌아갈 때도 버스니까. 시간 엄수. 무슨 일 있으면 연락할 것. 관광 스폿은 대개 무료 Wi-Fi가 있을 테니까."

조원들이 일제히「네~에」하고 어린애처럼 솔직한 목소리로 대답했다. 우리 조의 멤버는 마아야 조장에게 전폭적인 신뢰를 주고 있는 모양이네. 나도 그렇지만.

"정석으로는 먼 쪽부터 돌아보는 게 좋을까? 무심코 기념품을 사버려서, 그걸 든 채 이동하게 되면 힘드니까."

마아야의 말에 다들 수긍했다.

그리고 버스에서 내릴 때까지 이것저것 검토한 결과, 남자들은 메가 어드벤처로, 우리들 여자들 셋은 중간에 사토 양의 친구인 미오 양을 포함한 몇 명과 합류해서, 6인 체재로 유니버설 스튜디오 싱가포르로 가게 되었다.

역시 남자애들은「어드벤처」라는 말의 울림에 못 이긴 모양이네.「심지어 그냥 어드벤처가 아냐. 메가거든」이라고 했지만, 내겐 와닿지 않았다.「심지어」도 뭐가「심지어」인지 알 수가 없어.

남자애들은 정말로 메가나 기가 같은 걸 좋아하네. 마아야가 말했다. 아무래도 마아야는 잘 아는 모양이다. 동생들이 있어서 그런가?

우리는 유니버설 스튜디오 티켓 판매소를 목표로 걷기 시작했다.

커다란 파란 지구본에 알파벳으로 유니버설 로고가 붙어 있는 독특한 의장이 보인 시점에서, 마아야가 목소리를 낮춰서 속삭였다.

"괜찮아? 들어가 버리면, 금방 못 나올 텐데."

아사무라 군이랑 만날 약속 안 했어? 그런 의미겠지.

그러나 아사무라 군의 메시지는 버스에서 내릴 때까지 오지 않았다.

아무것도 안 하고 기다리면, 불안만 쌓인다.

"괜찮아. 신경 쓰지 마. 같이 즐기자."

그게 지금 나에게 필요한 일이다.

아사무라 군에게 연락이 오면, 그때 생각하면 되지. 아마, 지금쯤 이 섬 어딘가에 있을 거야. 괜찮아. 그는 빠져나올 거라고 했으니까.

티켓을 구입했다. 우리는 테마파크에 발을 들였다.

해님이 머리 위로 올라왔다.

내리쬐는 햇볕은 어제까지에 비해서 훨씬 강하고, 기온이 급상승했다. 지금이 2월 하순이라는 걸 잊을 것 같아. 싱가포르는 2월까지는 우기일 테니까, 언제 비가 내려도 이상하지 않다고 하는데 날씨는 축복받은 것 같아. 선크림의 효과를 바라면서, 우리는 테마파크 안을 여기저기 걸어다녔다.

그리고 점심을 지날 때까지는 노는데 열중할 수 있었다.

여자들끼리만 있으니까 마음이 편했기 때문이란 것도 있을 거야.

뜻밖이었던 것은, 절규 어트랙션을 제일 좋아한 게 사토 양이라는 거다.

몇 번씩 타고 싶어해서, 나는 햇볕을 가로막는 지붕 아래로 피난해 마아야랑 사토 양, 활기찬 여자애들이 다녀오는 걸 배웅했다.

내 세반고리관으론 도저히 못 버티겠어. 대형 액정 TV

의 3D게임으로도 멀미를 하거든. 무리. 그리고 무서워.

만끽하고 만족스레 돌아온 마아야 일행을 맞이하고, 파크 안에 있는 레스토랑에서 런치를 먹고, 오후에도 한두 개 어트랙션을 돈 참에, 조금 더 관광도 하고 싶다고 마아야가 말했다.

그래서 우리가 가게 된 곳은 팔라완 비치였다.

오후 3시가 넘었고, 이미 해님은 천장에서 서쪽을 향해 떨어져가고 있었다. 햇볕도 약해지고 있다.

시간을 확인하는 척하면서 휴대전화를 보았다.

오후가 되어서 다시 보는 빈도가 늘어났다.

메시지는 안 왔다.

싱가포르 정부가 무료 Wi—Fi를 온갖 곳에 열심히 깔아뒀다고는 해도, 다음에 언제 연결될지 모르니까, 나는 LINE을 기동해서 메시지를 보내두기로 했다.

【이제부터 팔라완 비치에 갈 거야.】

시간적으로 그 다음은 이제 기념품을 사는 것밖에 못할 거야. 둘이서 추억을 만들 거라면, 비치에서 만나는 수밖에 없을 것 같았다. 내가 송신할 때, 어긋나서 어딘가에 와줘, 라고 보낼 가능성도 있었다. 만날 장소가 어긋나는 일이 일어나면 싫지만, 그렇게 되면 그래도 어쩔 수가 없다.

1분 정도 기다려봤지만, 읽음 표식도 안 생긴다. 조금 신경 쓰였다. 무슨 일 있는 걸까?

【거기서 기다릴게. 움직이게 되면 다시 연락할게.】

자주 휴대전화를 연결할 수 있으면 좋을 텐데…….

"그럼, 이동하자~."

마아야의 목소리에 나는 일어섰다.

다 같이 마지막 관광지로 이동을 시작했다.

지도 앱을 보면 알 수 있지만, 센토사 섬은 남쪽으로 튀어나온 역삼각형 모양이다. 팔라완 비치는 센토사 섬의 남서부(왼쪽 위부터 오른쪽 아래로 이어지는 대각선 부분)에 있었다.

지도 위에서는 숫자의 3 같은 형태로 보이는 해안이다.

유니버설 스튜디오에서 남쪽으로 2킬로 조금. 걸어서 30분 정도. 지도 앱으로 걸어갈 수 있다는 걸 알았기 때문에, 우리는 얼른 걸어가기로 했다.

이왕이면 경치를 천천히 보고 싶으니까.

"길을 잃으면 근처 사람들한테 물어보면 돼. 사키가."

"내가!?"

"이중에 제일 영어 회화가 특기인 건 사키라고 생각하거든."

마아야가 말하고, 사토 양이 전력으로 응응 하며 수긍했다.

그, 그렇게까지 특기인 건 아닌데……라고 나는 생각해 버리지만, 어제 돌아올 때 버스 안에서 멜리사와 대화를 한 거, 그러고 보니 나밖에 없었지.

아까 전까지 안을 걸어 다녔던 테마파크의 바깥쪽을 우리들은 걸었다. 파크를 나오자 바로 앞이 쇼핑몰이라서, 음식점도 많이 보였다. 점심을 든든하게 먹었으니 들어갈 생각은 안 했지만. 희미하게 보이는 어트랙션에서 맑은 공기를 통해 환성이 희미하게 들린다.

쇼핑몰을 빠져나가 간선도로로 보이는 길이 옆을 달리는 보도로 나섰다. 동시에, 머리 위를 가리고 있던 천개도 사라진다. 파란 하늘이 펼쳐졌다.

기울어져간다지만 햇볕은 아직 충분히 남아 있고, 올려다보면 눈이 아플 정도다. 걷고 있기만 해도 피부가 땀으로 젖는다. 기온도 상당히 올라갔다.

“이렇게 되면 모자만 쓸 게 아니라, 양산도 있으면 좋겠네.”

마아야가 말하자, 사토 양이 또 전력으로 수긍했다.

분명히 열사병에 걸릴 수도 있는 햇볕이었다.

도로를 따라 보도를 계속 걸었다.

좌우에는 숲인가 싶을 정도로 나무들이 우거져 있고, 보이는 범위에 가게 같은 건 없었다.

“이 숲 너머에 커다랗고 훌륭한 호텔이 있다고 해.”

마아야가 말했다.

지도상으로도 확인할 수 있는 5성 호텔이겠지.

나무에 가려져서 전혀 안 보이지만.

보이는 나무들 가운데 당연하다는 표정으로 팜 트리가 섞여 있는 게 재미있었다.

"아, 바다……."

사토 양의 목소리에 퍼뜩 고개를 앞으로 되돌렸다.

가는 도로가 좌우로 파도치는 경치 너머로, 하늘과 다른 파란색이 작게 보였다.

"와아!"

마아야의 목소리가 터져 나왔다.

"여기는 『바다다~!』 하고 달려가야 할까!"

"그만 둬. 위험하잖아."

못을 안 박으면, 진심으로 달려가는 게 마아야의 무서운 점이다.

"청춘이잖아~."

"외국어를 큰 소리로 외치면서 보도를 달려가는 소녀가 주위에서 어떻게 보일지에 대해 강의를 해줄까?"

"평화롭구나, 가 아닐까?"

"부정은 안 하지만……."

"나라사카 양, 그런 건—."

"이제 그만, 마아야라고 불러도 되거든, 료찡."

"—마아야 양, 그런 건 모래사장에 도착한 다음에 해도 되지 않을까요?"

"그렇구나! 료찡, 천재야!"

마아야도 참. 손가락으로 피스 사인을 만들어 사토 양한테 척 내밀었다.

료가 누구랑 이렇게 금방 친해지는 거 처음 봤어. 사토 양의 친구인 미오 양이 살짝 질투를 품으면서도 순순히 놀라고 있었다.

“다 같이 모래사장을 배경으로 어깨동무하고서 치어댄스 하자!”

갑자기 마아야가 뭔가 말했다.

“안 해요.”

“다리를 높게 올려서 찍으면, 오빠야도 기뻐할걸.”

“절대로 안 해!”

헉. 무심코 큰 소리가 나와 버렸다.

“역시 아야세 양 오빠가 있구나. 아니면, 저기…… 속성? 이야기?”

사토 양이 말했다.

“어, 그게. ……있어.”

“좋겠다. 나, 외동이니까 남매에 동경이 있어서.”

“동경하는 오빠야란 말이지.”

“부러워요.”

“정말! 그 얘기는 지금은 상관없잖아.”

내가 이제 그만하라며 이야기를 끊으려 하자, 마아야가 벙긋이 웃음을 지었다.

그리고 입가만 움직여서 말했다.

"연락, 아직이구나."

"으……."

고개를 살짝 끄덕였다. 마아야는 전부 다 아는구나.

걷는 사이에, 점점 바다가 크게 보이기 시작했다.

바다의 냄새가 바람을 타고 흘러 들어와 코를 건드린다. 남국이라도 바다에서는 소금기 섞인 냄새가 난다. 당연하지. 바다는 이어져 있으니까.

드디어 눈앞이 트이더니 좌우에 모래사장이 펼쳐졌다.

"우와아, 모래사장이 새하얗네요."

사토 양이 감탄해서 말했다.

그 너머에는 파란 바다와 파란 하늘.

오른쪽 대각선 전방에 작은 섬이 보였다.

"저게 팔라완 섬이야. 봐, 유명한 구름다리도 보여."

보이고 있는 섬을 향해서, 가느다란 다리가 걸려 있었다. 길이는…… 50미터쯤 될까? 해면을 스칠 것처럼 뻗어 있었다.

"유명……한 거야?"

"뭐, 가이드북이나, 팔라완 비치를 소개하는 인터넷 사이트에는 대개 사진까지 실려있어."

"저렇게 불안해 보이는 다리면, 위험할 것 같아요……."

"괜찮아, 료찡. 떨어져도 1미터정도밖에 안 되잖아. 애당초 떨어지지 않도록 좌우에 그물도 있지?"

마아야가 말한 것처럼, 가느다란 구름다리는 가슴 높이까지 좌우에 떨어지지 않도록 그물이 설치되어 있었다.

"그렇……구나?"

일단은 그걸로 납득해두자.

"그러면, 가보자! 팔라완 섬은 작으니까 건너가서, 빙 둘러보는 정도는 할 수 있을 거야!"

"으, 응."

하지만 정말로 건널 거야?

하얀 모래사장의 길을 걸어가자, 우거진 수풀 속에 구름다리의 입구가 안내판과 함께 있었다. 안내인의 유도에 따라서 마치 벽처럼 시야를 막고 있던 녹음 속의 길을 나아가자, 시야가 확 트이고 구름다리 입구에 도착했다. 갑자기 바다와 가느다란 구름다리가 눈에 들어와서, 심장이 두근 뛰었다. 이거, 혹시 일부러 이런 구조로 만든 걸까?

"달리면 위험하니까 천천히 건너자."

가장 달려갈 것 같은 마아야가 그걸 말하다니.

하지만, 마아야 말이 맞았다.

사람 한 명이 간신히 건널 수 있는 폭의 구름다리는 걸음에 맞추어 흔들리고 있었다.

나로서는, 오늘 경험한 어트랙션 중에서 제일 위험해 보였다.

폭이 좁으니까 섬에서 돌아오는 사람과 마주칠 때는 좌우 어느 쪽인가로 비켜야 한다. 지나칠 때마다 몸이 부딪히거나 하면, 설치해둔 그물을 무심코 붙잡아 버린다. 심박수는 두근두근 뛰어오르고, 떨어지지 않는 걸 알고는 있어도 심장에 안 좋아.

발치의 좌우에는 투명한 바다의 파란색이 보였다.

드디어 맞은편에 도착해서 단단한 지면을 밟았을 때 안도한 나머지 커다랗게 한숨을 쉬어 버렸다.

그 도착한 해안을 조금 걷기만 했는데도, 벌써 섬의 반대쪽 바다가 보여 버린다.

"엄청 작은 섬이네."

마아야 말이 맞았다. 맥이 빠질 정도로 작다. 뭐, 이거면 분명히 섬을 전부 걸어보는 건 간단하겠네.

우리는 팔라완 섬을 빙 돌아보고, 모래사장의 모래를 손에 집어보거나, 바닷바람을 들이쉬면서 좌우에 끝도 없이 펼쳐지는 바다를 바라보면서 지냈다. 더위는 고비를 넘겼지만, 아무래도 많이 걸어서 지쳤다. 다들 도중에 어째서인지 덩그러니 놓여 있던, 딱 하나 있는 의자에 교대로 앉아서 쉬거나…….

"내일은 이제 돌아가야 되네."

마아야가 말했다.

"어쩐지 꿈만 같아요. 우리, 정말로 외국에 있네요."

그렇게 말하면서 사토 양은 휴대전화의 카메라로 바다에 보이는 커다란 배들을 찰칵 사진에 담았다. 해가 기울어가면서 광량이 조금 부족한데다가 역광인 것이 유감이라고 조금 분해 보인다.

"생각만큼은 잔뜩 관광 못 했네~. 한 번 더 오고 싶어~."

"올 수 있을까요?"

"여비가 좀 더 저렴해지면 매주 올 수 있는데 말야~. 좋은 곳이네. 예쁘고, 안전하고, 영어가 서투르지만 않다면."

"영어는 특기잖아, 마아야는. 서투른 건 회화고."

나는 마아야에게 태클을 걸었다.

"우수한 가이드를 고용하면 되지."

"나를 말하는 건 아니겠지."

"사키, 신혼여행을 싱가포르로 안 할래?"

"왜 남의 신혼여행에 동행해서 해외여행을 할 수 있다는 발상이 되는 거야?"

태클을 걸 곳이 너무 많아.

잠시 쉬고 섬에서 비치로 돌아가려는 참이었다. 비치에 도착한 참에 한 번 돌아보았다.

기울어진 태양은 수평선으로 다가가고 있었지만 하늘은 아직 파란색이 남아 있었다.

일본이었다면, 이제 곧 저녁놀이 생길 무렵인데.

"아직 밝네."

"이쪽은 밤 7시를 넘어도 아직 해님이 남아 있으니까~."
"싱가포르의 일몰은 19시 20분이라고 해요."
사토 양이 알려주었다.
"응? 료찡, 지금 구글링했어?"
"네."
"오. 정말이다. 비치 쪽에는 약하지만 Wi—Fi가, 아……오~."
마아야가 이상한 소리를 내면서, 내 쪽을 보았다.
"아직, 여기 있고 싶어?"
"어?"
무슨 뜻일까?
"여기서부터 집합장소까지 버스 타면 가지니까, 조금 먼저 가도 돼? 기념품 사서 기다릴 테니까."
나는 내가 보낸 메시지를 떠올렸다.
【팔라완 비치에 갈 거야.】
【거기서 기다릴게.】
분명히 그렇게 보냈다. 움직일 때는 또 연락을 한다고. 그렇지만, 팔라완 섬에서 휴대전화를 힐끔 봤을 때는 착신이 없었고 Wi—Fi도 연결되지 않았다. 어쩔까 사실은 상당히 불안했다. 이대로 연락이 안 되면, 여기서 계속 기다려야 하니까.
"경치가 예쁜 곳, 아마, 여기가 마지막일 거야~."

"아, 누군가랑 만나는 건가요?"

사토 양의 말에 뜨끔했다.

"어떻게—."

"그야, 어쩐지 계속 아야세 양이 안절부절하는 느낌이었으니까."

마아야가 풋하고 웃었다.

"사키는 슬슬 드라이 걸의 간판을 내리는 게 좋으려나~."

드라……. 사람을 묘한 별명으로 부르지 마. 나는 딱히 자신이 그렇게까지 드라이하다고 생각 안 한다. 다만 무엇에도 마음이 흔들리지 않도록, 강하게 살아가고 싶다고 바라는 것뿐이야.

"아직 해님도 남아 있고. 여기라면 남들 눈도 있으니까 안전할 거라고 생각해. 하지만, 집합시간은 엄수야."

"저도 기념품 사고 싶으니까 같이 갈게요."

"물론 같이 가자고 할 셈이었지~. 그러면— 그렇게 됐으니까."

"먼저 갈게요."

"으……어, 괜찮아?"

내가 뭐라고 말하기 전에 두 사람이 걸어가 버렸다. 부르는 소리에 돌아본 마아야가 엄지손가락을 세우고 입만 움직였다.

힘내.

—정말, 억지라니까.

간선도로 쪽으로 걸어가는 두 사람의 등을 배웅하면서 나는 크게 숨을 내쉬었다.

그리고 휴대전화를 꺼내서 보았다.

정말이다. Wi—Fi 연결되네…….

다만, 착신 이력은 없고, 메시지 갱신도 없었다.

나는 멍하니 주위를 바라보고, 한 번 더 구름다리로 돌아갔다.

다리의 중간 정도까지 돌아가서 멈춰 섰다.

태양이 하늘과 바다의 경계선을 향해 떨어지고 있었다. 주변에 비교할 것이 없어서 그런지, 해님이 작게 보인다.

다리의 한가운데에 있자, 주위는 바다뿐이 되어 세상에 나만 덩그러니 남은 것 같은 기분이 들었다.

들려오는 건 하늘을 나는 새 소리. 밀려오고 돌아가는 파도 소리. 때때로 강한 바람이 불어 구름다리를 밀어내면, 핑 하고 설치된 그물이 살짝 울리는 현이 울리는 것 같은 소리. 한참 먼 바다에 모여 있는 커다란 배로부터 때때로 기적도 들린다.

시간을 봐도 관광객이 철수하고 있는 건지, 다리를 건너는 사람이 없어서, 그렇게 멍하니 갖가지 소리에 귀를 기울일 수 있었다.

해변 쪽에 시선을 돌리자, 그쪽에는 아직 사람들이 남아 있는 게 보였다.

환성이 들렸다.

팔라완 섬 쪽에서 남녀 두 사람 일행이 돌아오고 있었다. 나는 급하게 한쪽으로 물러났다. 신혼부부일까? 손을 잡고서 즐겁게 미소를 지으며 마주보고 있었다. 「Excuse me」라며 등 뒤로 지나간다. 한쪽으로 물러난 내 등 뒤를 지나칠 때 힐끔 등 뒤를 보자, 내가 보고 있던 기울어진 태양 쪽으로 시선을 보내며 감동한 목소리를 냈다.

오른쪽에서 왼쪽으로 시야 가득하게 펼쳐진 수평선 너머로 저물어가는 태양 같은 건 분명히 그렇게 자주 볼 수 있는 광경이 아니다.

두 사람에게 추억에 남는 경치가 되겠지.

몇 걸음 떨어진 거리에서 나도 마찬가지로 서쪽 하늘을 잠시 바라보았다. 남성이, 여성의 어깨를 꾹 끌어안아 얼굴이 다가간다. 여성도 그를 마주보며 그대로—.

퍼뜩 깨닫고 나는 황급히 시선을 돌렸다.

빤히 쳐다보는 건 매너 위반이야.

잠시 그대로 녹아버릴 것처럼 끌어안고 있던 두 사람이 멀어지고, 나는 드디어 숨을 내쉬었다.

바로 옆에 내가 있는데도 전혀 상관 안 하네. 저 사람들.

하아.

참 멀리 왔어…… 감상에 빠져 버린다. 여기가 외국이라 그런지. 저 두 사람이 신혼부부라서 그런지. 아니면 내 가치관이 낡아빠진 건지.

"좋겠다."

내가 중얼거린 말을 깨닫고, 나는 황급히 입가를 손으로 덮었다. 그리고 아무도 없는지 좌우를 두리번거리고 말았다. 창피해.

욕망과 이성의 밸런스— 다시 말해서 윤리의 경계선은 어느 시대라도 어떤 장소라도 언제나 논쟁의 대상이다.

시라카와의 맑음에 물고기도 살 수 없어, 본래 탁한 타누마가 사랑스럽노라.

일본사에서 배운 어중간한 지식이 머리를 스쳤다.

하지만, 저런 식으로 남들 눈을 꺼리지 않는 건 좀 어떤 걸까? 라는 생각과, 애당초 인간도 동물이라는 깨달음 같은 생각.

나는 아사무라 군에게 아직 조금 사양하는 면이 있었다. 자신의 욕망을 밀어붙인다, 라는 것에 두려움을 품고 있었다. 그게 아니지. 밀어붙이는 게 아닐까란 생각을 해버려서, 스스로의 욕망을 밝히는 것마저, 좀처럼 못한다.

간격 조정을 소중히 하자. 그렇게 이야기를 했는데.

간격 조정을 하려면 내가 가진 패를 숨기지 않고 드러내야 하는데.

미움 받아도 좋으니까 내 사정을 조금만 드러내 본다. 싫다고 말하면 그때부터 생각하면 된다.

그런데, 나는 제멋대로 앞서서 생각하고 있지 않나?

휴대전화를 한 손에 들고 구름다리를 돌아갔다.

비치에 도착해서 어슬렁거리고 있자, 드디어 Wi—Fi가 연결됐다.

【팔라완 비치의 구름다리에 있어. 와주면 좋겠어.】

어디 있는지 알기 쉽도록 다리 위를 만날 장소로 정하고, 「기다린다」가 아니라, 솔직하게 「와주면 좋겠어」라고 적어서 송신.

직후에 읽음 표시가 떠서 숨을 삼켰다.

【기다리게 해서 미안. 지금 갈게.】

어.

급하게 고개를 들었지만, 방금 전까지 보이던 사람들의 모습밖에 없다.

지금, 이라면, 언제일까?

불안에 얽매이면서도 나는 구름다리로 돌아갔다.

수평선으로 조금씩 떨어지고 있는 태양의 모습에 자신이 겹친다. 등 뒤에서 밤의 어둠이 다가오는 것 같았다. 불안한 마음과 짜증이 아주 약간.

발소리와, 약간의 진동을 느끼고, 나는 바라보고 있던

태양에서 시선을 옮겨 돌아보았다.

숨을 헐떡이면서 이쪽을 향해 달려오는 남자의 모습을 보고, 나는 심장을 콱 붙들린 것처럼 되었다. 실루엣으로도 누군지 알 수 있다.

땀범벅이고, 허억허억 숨을 정돈하면서 달려온 아사무라 군이 말했다.

"미안…… 늦었지……!"

모습을 보고 안도해서, 지금까지 가라앉았던 마음이 전부 날아가 버렸다.

대체 무슨 일이 있었던 거야?

어째서 이렇게 늦은 거야?

물어보고 싶은 건 산더미 같지만, 아사무라 군이니까 분명한 이유가 있을 거야. 머리로는 그렇게 생각했다.

그러나 참기만 해서는 전해지지 않는 것이 있다는 걸 깨달았다.

혼자서 기다릴 때의 불안함과 짜증을 없었던 걸로 할 수는 없다.

아아, 그 사람은 엄마에게 그걸 쏟아낸 거구나.

쏟아내고, 꾸중하고, 탓하고.

그것만으로 끝나 버렸다.

"엄청 기다렸어."

그렇게 말했을 때, 아사무라 군의 표정이 일그러졌다.

언젠가 엄마의 표정과 겹친다. 그러니까, 나는 곧장 이렇게 덧붙였다.

"하지만, 와줬으니까—."

그렇게 말하고, 더욱 소중한 마음이 있다는 것을 확실하게 떠올렸다.

다가가서, 두 팔로 끌어안았다.

"만나서, 기뻐."

저녁햇볕에 녹아내리는 것처럼, 우리는 하나가 되었다.

●2월 19일 (금요일) 수학여행 3일째 아사무라 유우타

마루와 요시다가 일찍 일어나는 건 어제의 경험으로 알고 있었다.

그리고 그들이 깨면 즉시 어드벤처에 나서버릴 거란 것도. 편의점 같은 데 가는 것뿐이겠지만.

혼자 남겨지는 것도 알고 있었다. 그래서 알람을 세팅해 놨다.

—그런데, 울리질 않았다.

사이드 테이블에 있는 시각표시가 눈에 들어오고, 아아, 7시다. 아침 식사 시간이라고 생각하고서 당황했다.

벌써 7시?

잠에 취한 머리로 휴대전화를 더듬어 찾았다.

나를 깨우지 않으려는 배려겠지. 커튼을 쳐둔 덕분에 방 안은 깜깜하고, 분명히 테이블 위에 놔뒀는데 잡히는 게 아무것도 없었다.

이상하네.

어쩔 수 없이 불을 켜고 찾아보니, 바닥에 충전기와 함께 떨어져 있었다. 손으로 치기라도 해서 떨어졌는지, 지진이라도 있었는지. 아니, 싱가포르는 지진이 없다. 그렇다면 이건 사고다. 코드가 뽑혀 버려서, 휴대전화를 들어

올려도 화면이 까맣다. 배터리 잔량이 제로다.

그게 의미하는 것에 초조해졌다. 다시 말해서, 무슨 연락이 있었어도 아야세 양의 착신이 있었어도 나는 깨닫지 못했다는 것— 진정해라.

충전기를 다시 연결하고, 복구를 기다렸다.

익숙한 로고와 함께 화면이 밝아지고, 착신 메시지에 심장이 두근 뛰었다.

"……마루가 보냈다."

아침 식사 시간이라는 알림이다. 그밖에는 아무 메시지도 없었다. LINE도 어젯밤 그대로 멈춰 있다는 것을 확인하고 방을 나섰다. 휴대전화는 충전기에 연결해서, 방에 두고 가는 수밖에 없다.

"어. 아사무라. 늦었잖아."

"휴대전화 배터리가 떨어졌어."

그렇게 대답하고 바이킹 형식의 아침 식사를 하러 간다.

식사를 하면서 생각했다. 아무리 그래도 이 시간에 충전이 끝날 거라 생각하긴 어렵다. 그렇다고 끝날 때까지 방에서 대기할 수도 없다. 조별 행동 시간 안에 각자 자유롭게 행동할 수 있도록 했다지만, 혼자서 방에 덩그러니 남아 있으면 몸이라도 안 좋은가 생각할 거야.

"마루, 편의점에 들를 시간 정도는 있지?"

"먹고 곧장 움직이는 스케줄을 짠 게 아니니까 괜찮아.

뭔데? 배라도 아파?"

그런 건 사실이라고 해도 말하지 말자.

"쓴 환약이라면 가지고 있다만."

"아니, 됐어. 그게 아니라, 휴대할 수 있는 충전기를 팔지 않을까 해서."

"시간은 문제없다. 센토사 섬으로 왕복하는 건 같이 행동을 해야 하니까 집합에 늦지만 않으면 돼."

"알았어."

"예비 배터리라면 있는데. 쓸래?"

마루가 말했지만 사양했다. 그에게도 트러블이 안 생긴다고 장담 못하니까.

"그런데, 여자애들은?"

어제 아침 식사는 여섯 명이서 먹었는데.

마루가 턱짓으로 내 시선을 유도했다. 돌아보니, 세 개 정도 떨어진 테이블에 여자애들이 잔뜩 모여서 뭔가 의논하고 있었다. 게다가, 아무래도 우리 반이 아닌 학생도 함께였다.

"오늘은, 저쪽이랑 같이 행동?"

"그렇다고 하더라."

"그건 다행이다."

예정이 있다면 다행이야.

"뭐, 신쵸는 여자들한테 인기가 많으니까."

"신쵸?"

마루의 말을 듣고 다시 한 번 모여 있는 집단을 보자, 여자들뿐 아니라 남자도 몇 명 섞여 있었다. 그 가운데 옆 반의 신쵸가 있다. 고개를 든 그와 시선이 마주쳤다. 가볍게 손을 흔든다. 이쪽도 가볍게 눈인사를 해두었다.

"너, 저 녀석이랑 친하냐?"

요시다가 놀란 표정으로 말했다.

"뭐, 그럭저럭."

"저 녀석, 어떻게 여자들만 잔뜩인 집단에 가뿐히 녹아드는 거지? 부럽다."

"그래?"

친하다면 좋은 일 아닌가? 나는 저렇게 수많은 사람과 행동하게 되면, 아무래도 겁을 먹고 정신적으로 지쳐 버리지만.

"그래? 가 아냐. 마치 여친 있는 신선처럼 말하는구나아, 아사무라아!"

"어, 안 돼?"

"안 되는 건 아니지. 안 되는 건 아니지만. 라이벌이 줄어드니까. 하지만 어째서 아사무라 너는 그렇게 달관한 거냐? 혹시 정말로 사실은 여자친구 있는 거냐? 설마, 너……!"

나는 황급히 고개를 옆으로 저었다. 요시다 너는 아침부터 식당에서 뭔 소리를 하냐.

“하아. 나도 여자애랑 같이 놀러 다니고 싶은 인생이었다……. 회색 청춘밖에 안 보여. 연인의 손잡기를 하고서 꿈의 나라에서 쥐를 쫓아다니고 싶다.”

쫓아다니지 마. 불쌍하잖아.

“야, 마루. 네 특기인 지식 중에 저주의 말 같은 거 없냐? 그냥 20년 뒤에 확실하게 대머리가 된다거나, 배가 나온다거나, 뭐 그 정도면 되는데.”

묘하게 구체적인 저주군…….

“저주의 말인지 아닌지는 모르지만……. 에코에코아자라크나, 에로임엣사임이나, 이원한을잊을쏘냐라거나. 뭐, 여러 가지 있지만, 관둬라.”

“어째서?”

“생각을 해봐라. 너도 언제 행운이 찾아올지 모르거든. 섬에서 어제처럼 어느 조랑 우연히 합류하면 어떡할 거야? 저주나 하고 있을 때냐?”

“그런 일이…… 헉, 있을지도!”

단숨에 표정이 밝게 펴졌다. 속물적인 녀석이야.

“아사무라여. 이 녀석의 말은 인싸의 헛소리다. 그냥 내버려둬.”

“그런 거야?”

원한이 깊어 보였는데.

"기억해둬라. 욕망을 순순히 입 밖에 낼 수 있는 녀석을 인싸라고 하는 거야. 진정한 외계의 주민은 그런 말을 할 용기 따위 없다."

그렇군, 일리가 있는 것 같기도 하네.

"…………마루도?"

"노코멘트다."

아침 식사를 마치고, 마루와 요시다를 먼저 방으로 보낸 뒤, 나는 편의점에 들러 휴대용 충전기를 샀다. 건전지를 넣어서 쓰는 거다. 전지도 넉넉하게 사뒀으니 오늘 하루 정도는 가겠지.

방으로 돌아와 확인했는데, 배터리 잔량은 이제야 20퍼센트 정도였고, 역시 출발하기 전까지는 끝날 것 같지가 않다. 다행히, 아야세 양의 연락은 없었다. 역시 그녀도 아침엔 바쁜 거겠지.

버스를 타고 센토사 섬으로 갔다.

이동하는 와중에 아야세 양의 메시지를 받았다.

【괜찮은 타이밍이 되면 연락해줘.】

빠져나갈 찬스를 발견하면 연락해줘, 라는 의미겠지.

아마도 아야세 양의 조도 지금쯤 나랑 마찬가지로 센토사 섬에 건너가고 있을 거야.

어쩌면, 이 버스 앞뒤의 버스에 타고 있을지도 모른다.

공공 교통기관이라면 Wi—Fi가 연결되니까.

곧장 답신을 보내면, 받을 수 있을까?

그리고 그걸 보는 게 가능한 상황일까?

"아사무라—."

옆 자리에 앉은 마루가 갑자기 말을 걸어서, 나는 급하게 스마트폰을 내리고 마루를 돌아보았다.

"왜?"

"각자 마음대로 행동해도 된다고 말은 했는데. 너, 오늘 뭐할지 정했냐?"

"아, 아니 딱히 정한 건 없는데?"

"그래. 흠. 야."

말하면서 마루가 자기 스마트폰을 들여다보고, 뭔가 화면을 스와이프했다.

뭐지?

"너, 기념품 벌써 샀냐?"

"어? 그건 내일이면 될까 해서."

마지막 날인 내일은 자유행동 시간이 거의 없다. 거의 돌아가는 것뿐이다.

그러나 공항에서 기념품을 살 시간은 확보되어 있었다. 부모님한테 뭔가 사갈까 생각은 했는데, 근처에 친척이 사는 상황도 아니니까, 사야 할 기념품의 수는 그렇게 많지 않다. 그래서 그다지 깊게 생각하지 않았다.

아, 알바 동료들한테는 사가는 게 좋을까? 신세를 지고 있는 선배도 있으니.

"그게 아니고."

마루가 말을 일부러 작게 했다.

"여동생한테."

―어?

솔직히 말해서, 그 발상은 전혀 없었다.

마루는 내 부모님이 재혼한 것도, 의붓 여동생이 생긴 것도 알고 있다. 그리고 여름 무렵까지는 그 여동생이 어린 여자애라고 착각을 하고 있었던 것도 사실이다. 하지만, 지금은 내 여동생이 아야세 양이라는 것도 알고 있을 텐데…….

"같은 장소에 같이 여행을 하는 상대한테 기념품을 사나……?"

여행의 기념품이란 것은, 자기만 한 경험을 친한 상대와 공유하기 위해 필요한 거다. 같은 싱가포르 땅에서 여행을 하고 있는 아야세 양한테 싱가포르 기념품을 사도 의미가 있을 것 같지 않은데.

"내가 말을 잘못했다. 뭔가 사주는 게 어떻겠냐는 얘기다. 추억이 되잖아."

"아."

그런 거구나.

이해가 안 되는 건 아니다. 중학교 수학여행 때도 목도를 사거나 묘한 페넌트를 사는 등. 지금 생각하면 어째서 그런 것에 흥분을 해서 사는 건지 모를 기분으로 사버렸다고 생각한다. 그렇지만, 방의 구석에 붙이지도 않고 있는 삼각의 페넌트를 볼 때마다, 여행을 같이 한 애들을 떠올리거나 한다.

바보였다니까, 라고 쓴웃음을 지으면서도.

둘이서 여행한 추억이라. 그런 것은 사실 둘이 함께 사는 편이 좋겠지만. 서프라이즈로 소소한 거라도 사서 주는 건 좋을 것 같아.

생각해보니, 그건 충분히 괜찮은 것 같네.

"어디 추천하는 가게 있어?"

마루에게 물었다.

"음. 나랑 요시다는 이제부터 USS에 갈 생각인데. 거기라면 안에도 밖에도 가게가 잔뜩 있지."

USS란 유니버설 스튜디오 싱가포르다. 아마 센토사 섬에서 보고 싶은 관광 스폿 필두일 거야. 마루랑 요시다만 그런 게 아니라 일단 USS라는 학생도 많다. 실제로, 우리들 조의 여자애들도 일단 USS라고 한다. 나는 생각했다. 혹시 아야세 양도 갈지 몰라. 그렇다면, 빠져나가서 만나는 게 편할지도 모른다.

섬에 도착하는 시간을 생각하면, 금방 점심 시간이 된

다. 아야세 양이 어디서 점심을 먹을지 모르지만, 만나는 데 성공할 때까지 식사를 못하면 미안하다. 그리고 선물이라면 서프라이즈가 좋을 테니까, 가능하면 살 때까지는 비밀로 해두고 싶어.

생각하고 아야세 양에게 메시지를 보냈다.

【대답 늦어서 미안! 점심 뒤에 빠져나가서 만나러 갈게.】

금방 읽음 표시가 떴다.

그리고 잠시 지나 답신이 왔다.

【무리 안 해도 돼. 만날 수 있을 것 같으면 연락해줘.】

내용을 확인하고 나는 마루를 돌아보며, USS까지 같이 간다고 말했다.

유니버설 스튜디오의 입구에서 마루와 헤어졌다.

쇼핑몰을 혼자 거닐었지만 너무나도 수가 많아서 여기저기 눈길이 팔린다.

일단 패스트푸드점에 들어가 점심을 먹고, 그리고 다시 몰 안을 어슬렁거리게 되었다.

뭐가 아야세 양에게 어울릴까—.

봉제인형? 액세서리? 아니면, 세련된 아로마 같은 거? 이것저것 생각하고서, 나는, 그게 아니라고 생각을 고쳤다.

이번 선물의 키워드는 「추억」이다.

다시 말해서 17세의 이 해에 둘이서(가 아니라 학년 전체, 지만) 싱가포르에 왔다는 것을 돌이켜볼 수 있는 것이 중요하단 말이지. 그야말로 USS에서 샀다는 티가 나는 선물을 사 버리면 오사카에 다녀온 다음이라고 착각할 것 같아. 그러면, 이 나라 특유의…….

문득 잡화점으로 보이는 가게에 진열되어 있는 머라이언의 작은 키홀더에 눈길이 갔다. 그야말로 싱가포르 기념품이지만, 아니 그래도 어쩌면 이건 아무래도 너무 그렇지 않나? 중학교 때 산 페넌트랑 다를 바 없는 레벨이잖아.

심사숙고 끝에 나는 그것을 두 개, 보험 삼아 사기로 했다. 이대로 눈길이 팔려서 아무것도 못 정하면, 그게 더 위험해.

계산을 마치고, 그럼 느긋하게 진심으로 선물을 골라볼까 하며 가게를 바꾸려고 했을 때였다. 휴대전화가 떨렸다. 흠칫하며 주머니에서 꺼내자 LINE의 통지다. 게다가 음성통화.

마루다. 급하게 탭했다. 메시지가 아니라면 아마도 긴급이다.

"네. 아사무라—."

이쪽이 말을 마치기도 전에, 마루의 목소리가 들렸다.

『입구까지 돌아올 수 있냐?』

"—그래."

내용을 듣기도 전에 나는 가게를 나서서, 그대로 몰을

발 빠르게 걸었다.

『그럼 와줘. 조금 빈혈로 쓰러진 애가 있어서.』

"누군데?"

『이름은 몰라. 응, 뭐—?』

등 뒤에서 누군가와 대화한다.

『—마키하라라고 하네. 옆 반의 여자 그룹 중 한 명이야. 애들이 모여서 소란이기에 무슨 일인가 봤더니—』

"알았어. 자세한 얘긴 나중에 하자. 괜찮아 보여?"

『그래, 병원에 갈 필요까지는—』

그때 통화가 끊어졌다.

화면을 보자, 접속이 끊어졌다. 그쪽이 이동했기 때문인지, 내가 이동했기 때문인지는 모른다. 그러나 용건은 충분히 들었다.

몰을 덮고 있는 천개 너머로 하늘을 올려다보았다.

싱가포르는 아직 우기라고 들었다. 그러나 하필이면 오늘은 쾌청하고, 기온이 슬금슬금 올라 여름 같았다. 목이 아플 정도의 갈증을 느꼈다.

열사병, 일까?

나는 발길을 서두르면서 화면을 노려보았다. 그러나 그다음 소식은 없다.

10분쯤 지나 헤어진 곳에 도착하자, 게이트 너머로 마루의 커다란 몸집이 보였다. 등 뒤에서 여자애들이 걱정스런 표정을 짓고, 마루 옆에 요시다가 누군가를 업고 있었다. 아마도 쓰러졌다는 여자애겠지.

숨을 헐떡이며 마지막 몇 미터를 달려간 나를 발견한 마루가 말을 걸었다.

“미안, 아사무라.”

“신경 쓰지 마. 그래서, 괜찮아?”

“그래. 잠시 냉방이 되는 실내에서 쉬었어. 담당 직원 같은 사람도 왔는데, 대화도 가능하고, 안색도 좋아졌거든. 그리고 담임한테 연락도 해뒀다.”

뒤에 있는 여자애들이 일제히 고개를 끄덕였다.

“쓰러진 애가 또 한 명 다른 곳에 있다고 해서, 츠지 선생님이 그쪽에 가버렸어…….”

이야기를 들어보니, 마키하라 양은 평소에도 그렇게 몸이 튼튼한 애가 아니었다고 한다. 상당히 회복을 했지만, 무리시키지 말고 호텔에 돌려보내고 싶다는 거다.

“미안해…….”

연약한 목소리로 요시다에게 업혀 있는 그녀가 목소리를 냈다.

나는 마루의 의도를 깨닫고 고개를 끄덕였다.

“그녀를 호텔로 같이 데려 가주면 되는구나.”

“……역시, 우리가 데리고 갈게. 유카는 우리들 조잖아. 마루 군 쪽에 폐를 끼칠 수 없어.”

여자들 그룹 한 명이 말했다.

역시 누가 따라가는지가 문제로다. 쓰러진 애를 따라 호텔에 돌아가면, 아마도 오늘은 이제 밖으로 나올 시간을 못 낸다. 그렇다고 의지할 수 있는 선생님도 금방 달려올 수 없고, 환자인 그녀만 혼자 호텔까지 돌려보내는 것도 위태롭다.

"아사무라도 예정이 있으니까 부탁하는 건 피하고 싶었다만……."

"마루는 조장이니까……."

우리 조는 오늘 다 함께 USS다. 무슨 일이 있을 때를 위해 마루는 남는 편이 좋겠지. 티켓도 아깝고. 다행히, 나는 파크에 안 들어갔다. 애당초 티켓이 낭비될 걱정도 없고, 돈을 쓰질 않았으니 택시비도 충분히 있다.

마루가 나한테 연락한 것도 이해가 된다.

"음…… 부탁해도 될까? 빚은 나중에 갚을게."

"신경 쓰지 마."

"그럼, 업는 건 이대로 내가 할게. 아사무라, 짐 들어줘."

"어? 아, 요시다."

말릴 틈도 없이 여자애를 업고 있던 요시다가 주저 없이 게이트를 빠져나가 버렸다.

오히려 등에 업힌 여자애가 당황했다.

"저, 저기. 나, 걸을 수 있어……."

"아 괜찮아. 단련하고 있으니까. 그리고 벌써 나와버렸잖아. 마루, 혼자 남겨서 미안하다."

"상관없는데…… 뭐, 됐어. 아사무라, 자. 여기 요시다의 짐. 그리고 그녀의 짐은 어디 있지?"

등 뒤의 여자애들이 조심조심 그녀의 것으로 보이는 바디 백을 건넸다.

안에 페트병 음료 몇 개와 상비약이 들어 있다고 한다.

그녀들 중에서 조장으로 보이는 여자애 한 명이, 같이 동행하게 됐다.

"지치면 교대할까?"

"아사무라보다 힘이 있으니까 괜찮아. 그보다도 통역 부탁한다!"

"아~."

그렇구나. 영어 회화. 요시다가 서투르지. 내가 그나마 낫다. 조장으로 보이는 여자애도 영어 회화는 서툴러 보이는 분위기였다.

택시 승강장을 찾았다. 게이트에서 얼마 안 떨어진 장소에 있었다. 역시 관광명소야.

싱가포르에서는 택시가 자동문이 아니라는 소소한 지식을 기억하고 있어서, 뒷문을 열어주고 넷이서 탔다. 차 안의 차가운 공기가 피부를 더듬자, 드디어 한숨 돌릴 수 있었다. 고마워. 작은 소리와 요시다가 격려하는 목소리.

나는 운전수에게 말을 걸어, 호텔의 주소를 말했다.

커다란 다리를 올 때와 반대 방향으로 달려, 우리는 호텔로 서둘렀다.

그녀는 택시로 이동하면서, 여러 번 고개를 숙였다. 요시다는 난처할 때는 서로 돕는 거라고 대답했다.

호텔에 도착. 연락을 해둔 마루 덕분에 기다리고 있던 교사에게 여자애를 맡겼다.

여자애들이 머무르는 층은 남자 출입금지거든.

헤어질 때, 아직 약간 안색이 안 좋은 마키하라 유카 양과 조장 여자애가 고맙다고 요시다와 나에게 고개를 숙였다. 교사와 조장이 그녀를 방으로 데리고 돌아갔다.

"이럴 때는 방까지 업고 가도 되지 않을까?"

"그거, 유감스런 기색으로 말하면 흑심이 있는 것처럼 보이거든."

"그런 거야. 있긴 하지."

"있는 거냐……."

"뭐, 아무 일 없어서 다행이야."

웃으면서 요시다가 말하자 나는 고개를 끄덕였다.

"그래서, 아사무라는 이제부터 어쩔 거야?"

요시다는 이제 움직이기 싫으니까 이대로 잔다고 했다. 택시를 타고 있을 때 말고는 계속 여자애 한 명을 업고 있었으니까. 수고했어. 자, 나는 이제부터 어쩐다.

그때 퍼뜩 깨닫고 스마트폰을 꺼냈다.

아차. 착신이 있어. 그것도 두 건이나.

아야세 양이다.

【이제부터 팔라완 비치에 갈 거야.】

【거기서 기다릴게. 움직이게 되면 다시 연락할게.】

이럴 수가. 이거, 몇 분 전이지?

"나, 가야 돼."

"어?"

"잠깐 섬에 돌아간다. 나중에 연락할게. 마루한테도 그렇게 말해줘!"

"어? ……야, 아사무라!"

등 뒤에 들리는 소리를 떨쳐내고, 나는 서둘러 호텔을 나섰다.

지도 앱을 써서 팔라완 비치까지 최단거리로 도착하는 방법을 조사했다.

도보로 2시간 10분— 제외.

지하철, 혹은 지하철과 모노레일의 조합……도, 1시간 정도 걸린다.

"이거, 택시가 더 빠르지 않나……?"

다시 조사하자, 정체에 따라 다르지만 20분에서 30분 정도면 도착한다.

호텔 앞에서 다시 택시를 잡았다.

센토사 섬의 팔라완 비치까지라고 부탁했다. 모래사장에 얼마나 가까이 갈 수 있는지는 모르지만, 아마 이게 가장 빠르다. 오늘은 아야세 양에게 선물할 추억의 물건을 살 예정밖에 없었으니까 돈은 어떻게 남아 있— 아.

키홀더밖에 안 샀어!

이를 갈면서 나는 선물을 포기했다. 지금부터 어디 들를 틈이 없고, 무엇보다 아야세 양은 벌써 기다리고 있다.

창밖의 풍경과 휴대전화를 교대로 노려보았다.

Wi—Fi는…… 무리다.

아야세 양의 착신은 팔라완 비치에 있다는 메시지 이후 없었다.

아직 거기 있나?

아니면, 벌써 이동해 버렸나?

모르겠지만, 지금은 어쨌든지 서두르는 수밖에 없어.

시간이 지나는 게 빠른 것 같다. 차는 순조롭게 달리고 있는데도 느리다. 센토사 섬의 긴 다리를 다 건널 때까지 이렇게 시간이 걸리던가?

섬에 들어가, USS를 오른쪽으로 보면서 택시가 달렸다.

운전수가 뭐라고 물어봤다.

들은 영어를 어떻게든 머릿속에서 번역. 아야세 양과 영어 회화 모의 훈련을 한 게 이런 식으로 도움이 될 줄은 몰랐어. 아마, 비치의 어디까지 가면 되는가, 라고 물어 본…… 것 같아.

『해변이 보이는 곳까지.』

『그거라면, 벌써 보여.』

어?

운전수가 가리키는 쪽을 보았다. 좌우로 조금 구불거리는 길 끝에 파란 하늘이 보이고, 지면과 접해 있는 곳에서 그 색이 약간 짙어지고 있다. 바다다.

『그러면, 이 길 끝. 보이는 곳까지.』

기사님은 알았다고 고개를 끄덕였다.

파란 바다가 조금씩 크게 보인다.

터미널이 되어 있는 곳까지 와서, 거기서 내렸다. 요금을 반올림으로 지불하고 나는 옆길에 섰다. 거기서 다시 한 번 스마트폰을 확인했다. 다행이야. 아슬아슬하게 Wi—Fi가 있다. 아직 착신은 없다.

일단 상황을 설명하려고 마루에게 내가 어디로 가고 있는지 전달했다. 호텔에 돌아갔던 내가 또 섬에 온 것을 모를 테니까. 아야세 양이랑 만나는 건 모를 테니까, 걱정을 끼치게 될 거야.

달려가고 싶은 충동을 억누르고 현재 위치의 연락을 마친 뒤, 다시 한 번 아야세 양의 메시지도 확인했다. 벌써 이동했다면, 거기까지 또 달려가야 해…….

그 순간에 메시지가 눈에 들어왔다.

【팔라완 비치의 구름다리에 있어. 와주면 좋겠어.】

급하게 대답을 썼다.

【기다리게 해서 미안. 지금 갈게.】

그리고 달렸다.

한쪽 길을 바다를 향해 필사적으로 달리는 일본의 고교생 남자애. 게다가 가는 곳은 동급생 여자애 곁이다. 이 광경을 주변 사람들이 어떻게 볼지 생각하면 스이세이 고교의 평판을 혼자서 끌어내리는 것 같아 미안한 마음이 든다.

주머니에서 휴대전화가 떨린다. 달리면서 꺼내 화면을 보았다.

마루다.

요시다의 연락을 받고 보낸 거겠지. 깔끔하게 한 줄만 적혀 있었다.

【여친 있는 녀석은 다들 그러니까 신경 쓰지 마라. 오히려 부탁한 일 때문에 미안하다.】

확신을 담아 「여친」이라고 해서, 나는 「어」하고 생각했지만, 지금은 마루에게 해설을 바랄 시간이 없다. 주머니에 휴대전화를 되돌리고 계속 달렸다.

아야세 양의 메시지를 떠올렸다. 와주면 좋겠어. 그렇게 직접적으로 말한 건 처음이었다.

어떤 마음으로 말한 건지 생각하면, 달리는 걸 그만 둔다는 선택지는 없었다.

여친 있는 녀석은 다들 그런다.

그게 정말인지 아닌지는 모르지만, 내가 주변에 좋은 면을 보이고 싶다고 해서 아야세 양을 쓸쓸하게 만들면 안 되는 건데.

팔라완 비치를 향해 계속 달렸다.

하얀 모래사장이 다가옴에 따라 사람의 수가 늘어났다.

현지인으로 보이는 캐스터를 끌고 있는 노인이나 관광객으로 보이는 젊은 남녀를 추월할 때마다 그들이 돌아본다. 등에 시선을 느낀다. 그러나 이제 신경 쓰이지 않는다. 스치는 사람들 중에, 어쩌면 동급생이 있을지도 모른다. 달려가는 모습을 보고 관계를 의심해도 상관없다. 들켜도 괜찮아.

사키랑 약속을 했으니까.

제일 더운 시간은 이미 지났으니까 어떻게든 끝까지 달릴 수 있었다.

모래사장에 도착했을 때, 태양이 서쪽 바다로 떨어지고 있었다.

구름다리라…… 어디지?

모래사장 좌우를 둘러보자, 오른쪽에 작은 섬으로 뻗어 있는 가는 선이 보였다.

해면 아슬아슬한 높이를 해변에서부터 작은 섬으로.

오른쪽에서 왼쪽으로 바다 위를 달리는 하나의 선이 보였는데, 다가가면서 그것이 가는 구름다리라는 걸 알 수 있었다. 구름다리 중간쯤에 익숙한 소녀의 모습이 있었다.

구름다리의 입구는 나무들로 뒤덮여 있어서, 달려가자 한순간에 다리가 안 보이게 된다. 눈앞의 하얀 모래사장에는 아직 관광객들이 어느 정도 남아 있지만, 저 작은 섬으로 건너려는 사람은 없었다. 다리 끝을 가리키는 간판 옆에 안내인만 남아 있었다. 어서 오세요, 조심해서 건너요. 그런 말을 했다— 그런 것 같다. 고맙다는 인사를 하고, 그 앞으로 갔다.

나는 드디어 구름다리 끝에 도착했다.

다리 한가운데쯤에서 저물어가는 태양을 바라보고 있던 여자애가 돌아보았다. 단발의 짧은 머리가, 건너편 작은 섬의 테두리를 배경으로 빛을 튕겨냈다. 이쪽을 보고 있다. 나랑 그녀의 시선이 마주쳤다.

달려가려고, 발을 디디자, 구름다리를 디디는 힘이 충격이 되어 뻗어가는 걸 느꼈다.

무서울지도 모른다는 걸 깨달았지만, 그래도 빠른 걸음이 되어 버린다.

탕, 탕, 탕. 리드미컬한 발소리를 내면서, 조금씩 전해지는 발밑의 진동. 미약하지만 다리는 흔들리고 있었다.

사키의 얼굴이 놀라움에서 한순간의 미소, 그리고 문득 시선을 떨어뜨렸다.

도착했다.

"미안…… 늦었지……!"

그녀는 고개를 들어 나를 보았다.

"엄청 기다렸어."

말하면서, 눈초리를 올리고 바라본다. 화났구나. 그것만으로 알 수 있다. 눈은 입만큼이나 말이 많다. 번역 앱으로는 전해지지 않는 것이 있다고 말한 나라사카 양의 말이 옳았다.

그때도 눈앞의 그녀는 말 이상으로 표정이 말을 하고 있었다.

그러나 그 뾰족한 시선은 순식간에 사라지고 고개를 홱 돌렸다.

"나만 감정을 쏟아내는 건 치사하네."

"아냐, 분명하게 말해줘서 기뻐."

나는 한 걸음 더 그녀에게 다가갔다. 작은 어깨가 떨리는 것을 보고 그녀가 얼마나 쓸쓸했는지 느낄 수 있었다.

미안. 속삭이면서 그녀의 어깨에 손을 올리자, 절레절레 옆으로 고개를 저었다.

"하지만, 와줬으니까—."

그렇게 말하고, 그녀도 한 걸음 다가왔다.

두 팔이 내 등 뒤로 돌아왔다.

"만나서, 기뻐."

가슴팍에 얼굴을 대고 있어서 그녀의 표정은 안 보인다. 나도 두 팔을 그녀를 지탱하듯 둘러서 가볍게 힘을 담아 끌어안았다.

그녀가 고개를 들었다. 불과 몇 센티의 시선 끝에 촉촉한 눈동자를 바라본다. 서로 고개를 끄덕이고, 그 다음은 아제 아무 생각도 안 났다.

저물어가는 태양의 빨간 빛에 그녀의 귀에 달린 피어스가 살짝 빛난 것 말고는 기억이 안 난다.

다가간 입술을 마주치고.

나와 사키는 길게 그대로 입을 맞추었다.

●2월 20일 (토요일) 수학여행 4일째(마지막 날) 아사무라 유우타

창이 국제공항엔 아침부터 비가 내렸다.

지금까지 쾌청했던 만큼을 보충하는 것처럼 회색 하늘에서 은색 물방울이 떨어진다.

그렇지만 비행기의 이륙에 영향을 줄 정도는 아닌지, 우리는 왔을 때의 순서랑 마찬가지로 대합실에서 이동을 시작했다.

게이트를 통과해 탑승한다.

앉은 좌석의 위치까지 왔을 때랑 같은 건 우연이겠지만, 비행기의 창에서 바라보는 하늘은 완전히 달랐다. 애당초, 하늘이 안 보인다. 계속 내리는 비가 창을 두드려서, 바깥 풍경이 물방울 너머로 잘 안 보이게 되었다.

두꺼운 유리 너머를 따라 흐르는 물방울을 세며 멍하니 등받이에 체중을 맡기고 있는데, 옆에서 목소리가 들렸다.

"꽤 여유롭구만."

"지금이라면 비행기가 떨어져 죽어도 성불할 수 있을 것 같거든."

"거짓말 마라."

"딱 잘라 말하네."

"염라대왕이랑 담판을 지어서라도 돌아올 거라는 쪽에

내기를 걸어도 좋아."

"지옥행이 전제냐?"

"요시다가 알면 틀림없이 그렇게 말할걸."

그렇게 말하면서, 마루가 힐끔 시선을 옆으로 흘렸다.

4인 한 줄의 좌석은 이번에도 올 때랑 마찬가지로 창가에 나, 마루. 그리고 이번엔 요시다가 그 옆이었다. 요시다는 옆 자리랑 아까부터 계속 말을 하고 있는데—.

"그렇게 말하지만, 꽤 즐거워 보이는데."

목소리를 죽여 말했다. 이유는 짐작이 간다. 그러자 예상대로, 마루도 목소리를 죽여 알려주었다.

"LINE 교환을 했다더라."

뭐, 열심히 했으니까. 그 정도 이득은 있어도 되겠지—라고 덧붙였다.

"그러면, 그렇게까지 말 안 해도 되잖아."

"이보세요. 세계에서 제일 유명한 게임의 여관 주인이 하는 명대사를 듣고 싶냐?"

"그게 뭔데?"

"어젯밤에는 참—."

"그렇게까지 안 늙었잖아."

내가 생각한 것보다 목소리가 컸던 모양이다. 한 자리 건너 요시다까지 돌아보았다.

정말이지 유감스런 상상을 하시네. 그런 걸 저속한 상상이라고 하는 거야.

그 다음에, 아야세 양과 천천히 바다로 저무는 저녁 해를 묵묵히 둘이서 바라보며 시간을 보내고, 그 뒤에는 순순히 그대로 돌아왔을 뿐인데…….

그리고 마루가 이렇게 말하는 걸 보니 나랑 아야세 양의 관계는 아무리 생각해도 들킨 게 틀림없다. 여친이라고 단언했으니까.

씨익 눈웃음을 짓는 마루에게 나는 한 번 헛기침을 했다.

"그래서, 실제로는 어땠는데?"

역시 그런 이야기냐.

그러나 주변의 타인이 산더미처럼 있는 기내에서 소리 높여 선언할 일이 아니다. 그래서 알맹이를 주변에서 알지 못하도록 말을 흐리며 말했다.

"뭐…… 무사히 만났어."

"그건 안다."

가볍게 말해서 나도 수긍했지만, 가만 생각해 보면 어째서 만난 걸 알고 있냐는 생각이 들기도 한다. 팔라완 비치에서 만나는 상대가 아야세 양이라고 나는 한 마디도 안 했는데. 어디서 들은 거지? 아야세 양일 리는 없고.

"어떻게 아는지 물어봐도 돼?"

"의뢰인의 정보를 가르쳐줄 수는 없습니다."

"무슨 탐정사무소냐."

"뭐, 잘 풀려서 다행이다. 드디어 인정할 생각이 들었냐?"

"그건……."

돌아오는 길에 나랑 아야세 양은 대화를 나눴다. 아야세 양은 우리들의 관계를 친구인 나라사카 양에게 들켜버린 걸 미안한 기색으로 밝혔다. 나도 아무리 생각해도 마루에게 들킨 것 같으니까 피차일반이야, 라고 대답했다.

그리고 우리는 서로서로, 부자연스럽게 감추는 건 그만두자는 결론에 이르렀다.

우리들의 관계는 굳이 떠벌리고 다닐 것은 아닐지도 모르지만, 그렇다고 필사적으로 감추는 것도 아닌 것 같다는 생각이 들기 시작했다.

의붓 남매이며 연인이기도 한 이 관계가, 세상이 생각하는 연인 사이에 비하면 조금 별나게 보이는 건 틀림없다. 그래도, 우리는 이미 서로 돌아갈 수 없는 곳까지 함께 걸어와 버렸다.

구름다리 위에서 끌어안았을 때 느낀 서로의 온기를, 둘 다 소중한 것으로 느껴 버렸으니까.

"세상일은 순리대로 흘러가는 법이야."

"그런 예언자 같은 말씀을 하시지만 말이죠. 이렇게 될 줄은 몰랐거든?"

"그래? 뭐, 됐다. 지금 따끈하게 데워두면, 마침 수험 때쯤에 진정될 테니까."

그래서 밀어줬다는 것처럼 말하네. 스이세이 고교 야구부 주전 포수 님이 세운 게임 플랜에 완전히 휩쓸린 걸까? 자각은 전혀 없지만.

"알고 있을 거라 생각하지만, 적당히 해라. 4월부터 수험생이니까."

적당히라니. 대체 뭘 한다고 생각하는데, 나랑 아야세 양이.

"엄마도 아니시잖아요."

"내 친구란 놈은 냉정해 보이지만, 내가 보기에 그건 과거의 경험이 브레이크를 밟고 있는 것뿐이거든. 괜히 띄워주지 않는 게 좋지."

"아, 그러신가요."

"얘들아, 무슨 얘기 하냐?"

요시다가 이쪽을 돌아보며 말했다.

"아사무라가 수험 공부에 전념하는 걸 도와줬다는 얘기다."

"으엑. 벌써 그런 거 걱정하고 있냐!?"

"요시다…… 넌 말야. 앞으로 한 달이면 너도 나도 수험생이거든?"

마루가 말하자, 눈에 띄게 요시다가 푹 고개를 숙였다.

"생각하기 싫다고."

"유감이지만 시간의 흐름은 막을 수 없다."

예언자에서 현자로 잡체인지를 한 마루가 엄숙하게 고했

을 때, 기체가 부르르 떨리면서 빗속에서 비행기가 활주로를 달리기 시작했다.

흘러 떨어지는 물방울이 창을 옆으로 달려간다.

가속을 느낀 다음 순간에는 벌써 기체가 하늘로 날아오르고, 그 다음엔 새까만 구름 속으로 돌진했다. 올 때보다 기체의 흔들림이 심하다. 안전벨트 오프 사인이 좀처럼 점등되질 않네.

"기껏 온 이국땅의 경치를 떠날 때 기억해두지 못하는 게 유감이다."

마루가 유감스럽게 말하고 요시다가 가벼운 어조로 덧붙였다.

"또 오면 되잖아?"

그걸 듣고 나도 마음속으로 동의했다.

언젠가 다시 오면 되지.

아야세 양이랑 같이, 다시.

검은 구름을 빠져나가 비행기는 파란 하늘로 날아올랐다. 안전벨트 오프의 사인이 점등됐다.

저 아래 싱가포르 섬의 해안선이 희미하게 아직 보인다.

돌아가는 비행기 안에서는 잠들지 않고, 덕분에 나는 염원하던 기내식을 드디어 먹을 수 있었다.

일본에 도착했을 때는 이미 저녁이었다.

공항에서 해산한 다음, 역에서 만난 나와 아야세 양은 함께 전차에 탔다.

전차 안은 저녁이라 왔을 때보다 그럭저럭 붐볐지만 시작역이라 앉을 수 있었다.

한 번 덜커덩 흔들린 다음에 출발한다.

아무래도 둘 다 지쳐 빠졌다. 하품을 연발하고 있어서 거의 대화다운 대화가 없었다.

문득 깨달은 나는 어깨에 무게를 느끼고 눈길을 돌렸다.

내 오른쪽 어깨에 머리를 올리고 아야세 양이 새근새근 잠들어 있었다. 조는 것 정도는 본 적이 있지만, 이렇게 가까이서 방심하고 자는 얼굴을 보는 건 처음일지도 모른다.

코를 간질이는 아야세 양의 머리칼 냄새. 아아, 속눈썹 길다. 이런 사소한 것이 신경 쓰인다.

규칙적인 숨소리. 그에 맞춰 천천히 오르내리는 가슴. 기댄 몸에서 고동 소리마저 전해질 것 같아서 모르는 사이에 심박수가 오른다. 내가 자신의 고동이 격렬해 지는 것을 자각해 버려서, 그것이 아야세 양에게 반대로 전해지지 않을까 조바심이 났다.

그러고 보니 귀성해서 같은 방에서 잤을 때마저, 이불이 떨어져 있었으니까 정면으로 자는 얼굴을 본 적이 없었다.

무방비한 자는 얼굴.

어느샌가 줄어든 서로의 거리를 드러내는 것 같아서 나

는 기뻐졌다.

—내가 보기에 그건 과거의 경험이 브레이크를 밟고 있는 것뿐이거든.

마루의 말이 머릿속에 울렸다.

브레이크, 라.

나도 그녀처럼 마음을 열고 있는 걸까라고 생각하면 어떤 걸까? 더욱 그녀에게 마음을 열어야 하나……. 때로 이렇게 어리광을 부리는 것도 중요할지 몰라.

전해지는 전차의 진동이 마음 편한 리듬으로 몸을 흔든다.

맡겨버리면 편안해 질 텐데.

●2월 20일 (토요일) 수학여행 4일째(마지막 날) 아야세 사키

이제는 돌아가기만 하면 된다.

면세점에서 마지막 쇼핑을 마친 다음 탑승수속이 시작되기까지 약간 빈 시간에, 문득 생각나서 YouTube를 켜봤다.

멜리사 우라고 영어로 검색하자 채널이 나왔다. 영상은 그녀가 담겨 있었다. 채널 구독자 수는 837명— 아니, 838명. 지금 내가 구독했으니까. 나는 그게 많은 건지 적은 건지도 몰랐다. 나는 구독하면서까지 추적하는 아티스트가 있는 게 아니었으니까.

할 수 있는 말은, 영상으로 올라가 있는 멜리사의 노래를 들으러 오는 사람이, 세계에 800명은 있다는 것이다.

스이세이 고교 전교생의 수랑 비슷하다.

나는 노래방에 가서 몇 명 앞에서 노래하는 것으로도 긴장하는데. 그러고 보니 그녀는 커다란 레스토랑의 스테이지 위에서도 당당하게 노래를 했지.

올라가 있는 영상 일람을 보았다. 날짜를 보니, 악곡을 3개월에 한 번 정도 빈도로 업로드하고 있다. 담담하게 같은 페이스로 업로드하고 있어서 몇 갠가 들어봤는데, 하나하나 정성 들여 노래하고 있는 인상이 있었다. 분방한 언동으로는 상상이 안 되지만, 음악에 관해서는 참 성실하구나 생각했다. 가장 새로운 노래는, 시각을 보니 엊그제 늦은 시간에 업로드한 거다. 그러니까 나랑 헤어진 다음에 사실은 얼른 작업했다는 게 된다. 밤새 애니메이션 본다고 했으면서.

그녀와의 만남이 마음의 안전지대를 발견하는 것의 소중함을 알려주었다. 마음 안쪽을 밝힐 기세를 주었다. 댓글에 「파열되지는 않을 것 같아요. 용기를 줘서 고마워요」라고 영어로 입력했다.

노래를 듣고 남겼다고도, 그렇지 않다고도 해석할 수 있는 말.

이름이 「saki」라는 걸 깨달아줄까? 눈치 못 채도 괜찮지만.

"사키~. 이제 그만 이동해야 해~."

마아야의 목소리에 나는 고개를 들었다.

같은 반 애들이 늘어선 줄에 섞여서 마아야가 뿅뿅 뛰며 손을 흔들었다.

쓴웃음을 짓고, 하지만 신기하게 그다지 창피하다고 생각이― 아니, 저건 역시 창피해. 저렇게까지는 못하더라도, 나는 분명히 주위의 눈길을 너무 신경 쓰는 걸지도 모른다고 생각했다.

친구들과는 나리타 공항에서 해산했다.

곧장 LINE으로 아사무라 군과 연락을 하고, 역에서 만났다.

전차를 타고, 나랑 그는 나란히 앉았다.

띄엄띄엄 서로 여행의 추억을 생각나는 대로 이야기했다. 즐거웠던 일, 조금 힘들었던 일……. 여행의 마지막 추억이 된 팔라완 비치의 구름다리 위에서 본 저녁 해가 참 예뻤다는 것.

저물어가는 태양이 떨어지는 수평선을 비추어 거울처럼 하얗게 빛나고, 파란 색이었던 바다가 저녁의 하늘을 비추어 보라색으로 반짝였다. 바라보는 바다의 색이 조금씩 빛바래는 것을, 우리는 서로의 몸에 손을 두른 채 계속 보고 있었다.

그도 나도 너무 지쳐서 졸렸으니까, 이런 대화가 띄엄띄엄 있었고, 중간부터 무슨 이야기를 했는지도 잘 모르겠다.

난방이 켜진 차 안이 따뜻하고, 의자도 따끈따끈해서, 무심코 꾸벅꾸벅 졸기 시작했다.

내 왼쪽 어깨와 그의 오른쪽 어깨가 닿아 있다. 거기서 상대의 열이 전해진다.

아사무라 군의 체온을 느끼는 사이에 나는 졸음을 도저히 참지 못해서…… 몸이 흔들려 눈을 떴다.

"내려야 돼."

"아, 미안."

당황한 탓에 트렁크에 걸려 넘어질 뻔했다. 아사무라 군이 지탱해주지 않았으면 문 앞에서 넘어졌을지도 몰라.

무거운 트렁크를 끌면서 나는 얼굴이 빨개졌다. 이런 실수를 하다니. 게다가, 그의 어깨에 기대면서 내리기 직전까지 잠들어 버리다니.

시부야 역의 개찰구를 나섰을 때 이미 하늘은 어두워져 있었다.

토요일 역 앞은 사람이 넘친다. 이제부터 밤새 노는 사람도 많을 거야. 인파를 피하면서 나랑 아사무라 군은 익숙한 길을 지나 익숙한 집을 향해 걸었다.

걸어가는 동안, 전차 안에서 무방비하게 잠들어버린 걸 떠올리고, 나는 너무 부끄러워서 견디기가 어려웠다. 갑자기 땀이 난다.

갈아타는 역에서 깨웠을 때, 분명히 자는 얼굴 봤을 거야. 게다가 눈을 뜨고, 입가에 침도 흘렸던 것 같아. 아사무라 군이 그렇게까지 빤히 보진 않았을 거라 생각하지만, 이렇게 방심한 모습을 보여줘 버리다니.

이제 얼굴을 볼 수가 없어.

……뭐, 같은 집으로 돌아가니까, 그런 것도 불가능하지만.

키가 큰 맨션이 보여서 숨을 내쉬었다.

"돌아왔네."

"수고했어. 지쳤지만, 즐거웠네."

"그러게."

아사무라 군과 마주보고, 미소를 지었다.

정말로 돌아왔구나. 우리들의 생활이 있는 장소로.

둘이 나란히, 자택의 문을 지났다.

타이치 새아버지는 휴일이고, 엄마는 출근 전이라서, 둘이 나란히 맞이해 주었다.

어서 와. 수고했어.

우리들은 다녀왔습니다 인사.

아사무라 군과 나는 사흘 전에 집을 나섰을 때보다, 더 가까이. 착 달라붙는 거리에 나란히 서 있었지만, 이제 그 거리를 일부러 떨어뜨리지는 않았다.

우리는 결심했다.

자연스럽게 행동하자고.

"다녀왔습니다. 어머니, 아버지."

우리는 둘이 똑바로 목소리를 모아 말했다.

둘이 끌고 있는 트렁크에 달린 머라이언의 키홀더가, 같은 리듬으로 흔들렸다.

의매생활 7

초판 1쇄 발행 2024년 7월 10일

지은이_ Ghost Mikawa
일러스트_ Hiten
옮긴이_ 박경용

발행인_ 최원영
본부장_ 장혜경
편집장_ 김승신
편집진행_ 권세라 · 최혁수 · 김경민 · 최정민
편집디자인_ 양우연
국제업무_ 박진해 · 남궁명일
관리 · 영업_ 김민원 · 조은걸

펴낸곳_ (주)디앤씨미디어
등록_ 2002년 4월 25일 제20-260호
주소_ 서울특별시 구로구 디지털로32길 30 코오롱디지털타워빌란트 1301-1308호
전화_ 02-333-2513(대표)
팩시밀리_ 02-333-2514
이메일_ lnovellove@naver.com
L노벨 공식 카페_ http://cafe.naver.com/lnovel11

ISBN 979-11-278-7653-1 04830
ISBN 979-11-278-6510-8 (세트)

값 8,500원

친구 여동생이 나한테만 짜증나게 군다 1~10권

미카와 고스트 지음 | 토마리 일러스트 | 이승원 옮김

교우 관계 사절, 남녀 교제 거부, 친구라고는 진정으로 가치 있는 단 한 사람 뿐.
청춘의 모든 것을 「비효율」적이라 여기며 거절하는
나, 오오보시 아키테루의 방에 눌러앉아있는 녀석이 있다.
내 여동생도, 친구도 아니다.
짜증나고 성가신 후배이자 내 절친의 여동생인 코히나타 이로하다.
"선배~, 데이트해요! ……라고 말할 줄 알았어요~?"
혈관에 에너지 음료가 흐르고 있는 듯한 이 녀석은
내 침대를 점거하고, 미인계로 나를 놀리는 등, 나한테 엄청 짜증나게 군다.
그런데 왜 다들 나를 부러워하는 거지?
알고 보니 이로하 녀석도 남들 앞에서는 밝고 청초한 우등생인 척하기 때문에
엄청 인기가 좋은 모양이다.
이봐…… 너는 왜 나한테만 짜증나게 구는 거냐고.

끝내주는 짜증귀염 청춘 러브코미디, 스타트!!

L NOVEL

새 엄마가 데려온 딸이 전 여친이었다 1~10권

카미시로 쿄스케 지음 | 타카야Ki 일러스트 | 이승원 옮김

어느 중학교에서 어느 남녀가 연인 사이가 되고,
꽁냥꽁냥거리다, 사소한 일로 엇갈리더니,
두근거림보다 짜증을 느낄 때가 더 많아진 끝에…… 졸업을 계기로 헤어졌다.
그리고 고등학교 입학을 코앞에 둔 두 사람은—
이리도 미즈토와 아야이 유메는, 뜻밖의 형태로 재회한다.
“당연히 내가 오빠지.”, “당연히 내가 누나 아냐?”
부모 재혼 상대의 딸이, 얼마 전에 헤어진 전 연인이었다?!
부모님을 배려한 두 사람은『이성으로 여기며 의식하면 패배』라는
「남매 룰」을 만들지만—
목욕 직후의 대면에, 둘만의 등하교……
그 시절의 추억과 한 지붕 아래에 산다는 상황 속에서,
서로를 의식하고 마는데?!

L NOVEL

청춘 돼지는 바니걸 선배의 꿈을 꾸지 않는다 1~13권

카모시다 하지메 지음 | 미조구치 케이지 일러스트 | 이승원 옮김

아즈사가와 사쿠타는 도서관에서 야생의 바니걸과 만났다.

바니걸의 정체는 사쿠타가 다니는 고등학교의 선배이자,
활동 중지중인 인기 탤런트 사쿠라지마 마이였다.
며칠 전부터 그녀의 모습이『주위 사람들에게 보이지 않는 현상』이 발생했고,
이것은 인터넷상에서 화제가 되고 있는
불가사의 현상『사춘기 증후군』과 관계가 있는 걸까.
원인을 찾는다는 이유로 마이와 가까워진 사쿠타는 이 수수께끼를 풀려고 하지만,
사태는 생각지도 못한 방향으로 나아가는데―?

하늘과 바다로 둘러싸인 마을에서, 나와 그녀의 사랑에 얽힌 이야기가 시작된다.

하늘과 바다로 둘러싸인 마을에서 시작되는
평범한 우리의 불가사의한 청춘 러브 코미디!

라이트노벨의 새로운 빛! L노벨의 신간은 매월 10일에 발매됩니다. http://cafe.naver.com/lnovel11